Hinter dem Liebeshorizont

Gay Romance Sammelband

Alisa Kervano

AF139191

© 2024
likeletters Verlag
Inh. Martina Meister
Legesweg 10
63762 Großostheim
www.likeletters.de
info@likeletters.de

Autorin: Alisa Kervano
Bildquelle: Midjourney

ISBN: 9783689490102

Teilweise kam für dieses Buch künstliche Intelligenz zum Einsatz.

*Dies sind frei erfundene Geschichten.
Ähnlichkeiten mit real existierenden
Personen sind zufällig und nicht
beabsichtigt.*

Inhaltsverzeichnis

Yanik und Mark

Liebe hinter den Wolken

Kapitel 1

Yanik Richter lenkte seinen Wagen langsam durch die schmalen, von Bäumen gesäumten Straßen Kastellburgs, als die ersten Sonnenstrahlen des Morgens über die sanften Hügel krochen. Er hatte seine letzten Jahre in der hektischen Umgebung von Berlin verbracht, wo die Unberechenbarkeit des Wetters oft durch das geschäftige Stadtleben überschattet wurde.

Nun, als neuer Leiter des Wetterobservatoriums, sehnte er sich nach der Ruhe und der Möglichkeit, seine Forschungen in einer Umgebung zu vertiefen, die noch von der Natur geprägt war.

Der Wagen hielt vor einem charmanten, zweistöckigen Gebäude, das sein neues Zuhause werden sollte. Es lag am Rande der Stadt, mit einem weiten Blick über das Tal, wo die Morgennebel wie weiße Schleier über den Wiesen tanzten. Yanik stieg aus, streckte sich und atmete tief ein. Die frische Luft war erfüllt von dem Duft nach feuchter Erde und frühmorgendlichem Tau.

Während er die kühle Morgenluft einatmete, überkam ihn eine tiefe Sehnsucht. Er dachte an seinen Vater, einen hartnäckigen Meteorologen, dessen Leidenschaft für das Wetter ihn schon früh geprägt hatte.

In diesen stillen Momenten des Alleinseins ließ Yanik zu, dass die Erinnerungen und die leise Trauer um seinen kürzlich verstorbenen Vater ihn erfüllten, fest entschlossen, sein Erbe mit Stolz weiterzuführen.

Er verbrachte den Vormittag damit, seine bescheidenen Habseligkeiten auszupacken und das Haus einzurichten. Das Gebäude war alt, mit knarrenden Holzböden und großen Fenstern, die einen ungestörten Blick auf den

Himmel boten – perfekt für jemanden, der sein Leben den Wolken widmete.

Nachdem er sich eingerichtet hatte, beschloss Yanik, die Stadt zu erkunden. Kastellburg war bekannt für seine gut erhaltene Altstadt, die reich an Geschichte und Kultur war.

Die Straßen waren von malerischen Fachwerkhäusern gesäumt, die Geschäfte boten handgefertigte Waren an – von rustikalem Brot bis zu kunstvoll gefertigtem Schmuck.

Yanik stolperte unerwartet über ein Protestplakat, das gegen die jüngsten umweltschädlichen Maßnahmen der Stadtregierung gerichtet war. Dieses Schild löste in ihm einen inneren Konflikt aus, denn er war sich bewusst, dass seine Arbeit im Observatorium möglicherweise nicht allen in der Gemeinschaft gefallen würde.

Bestimmt, mehr darüber zu erfahren und vielleicht sogar eine Brücke zu schlagen, notierte er sich, das Thema bei der nächsten Stadtratssitzung anzusprechen.

Während seines Spaziergangs erreichte Yanik den Marktplatz, der das Herzstück der Stadt bildete. Ein kleiner Wochenmarkt war im Gange, und die Stände quollen über von lokalen Produkten: frisches Obst, Gemüse, Käse und Blumen. Die Verkäufer, meist ältere Leute mit wettergegerbten Gesichtern, begrüßten ihn freundlich, neugierig auf das neue Gesicht in ihrer Mitte.

An einem der Stände hielt Yanik inne, um ein paar Äpfel zu kaufen. Die Verkäuferin, eine ältere Dame mit einem warmen Lächeln, fragte ihn nach seinem Anliegen in Kastellburg. Als er erklärte, dass er der neue Leiter des Wetterobservatoriums sei, leuchteten ihre Augen auf.

«Oh, das ist wunderbar! Wir könnten wirklich jemanden gebrauchen, der etwas über das Wetter hier versteht.

Manchmal weiß man gar nicht, was man anziehen soll, wenn man morgens aus dem Haus geht», lachte sie.

Ihr Lachen war ansteckend, und Yanik fand sich schnell in einem angeregten Gespräch über die lokalen Wetterkapriolen wieder. Es war genau die Art von Verbindung zur Gemeinde, die er sich erhofft hatte.

«Und, haben Sie irgendwelche Wetterweisheiten, die ein Neuankömmling wie ich kennen sollte?», fragte Yanik mit einem schiefen Lächeln.

Die Verkäuferin lachte herzlich und antwortete: «Oh, mein Lieber, hier sagt man, dass wenn die Krähen zu tief fliegen, man besser den Regenschirm nicht vergessen sollte! Aber erzählen Sie, was führt einen Wetterforscher in unser kleines Städtchen?»

«Nun, ich wollte dem Trubel der Großstadt entkommen und sehnte mich nach etwas Ruhe», sagte er lächelnd.

«Ruhig ist es hier auf jeden Fall», antwortete ihm die Verkäuferin, ebenfalls lächelnd.

Dieser herzliche Austausch gab Yanik das Gefühl, wirklich angekommen zu sein.

Nachdem er den Vormittag damit verbracht hatte, die Stadt zu erkunden und ein wenig von der lokalen Atmosphäre zu schnuppern, beschloss Yanik, sich eine kurze Pause zu gönnen.

Gerade als Yanik sich auf den Weg machte, fiel ihm eine kleine Menschenmenge auf, die sich um einen aufgebrachten Ladenbesitzer versammelte. Der Mann diskutierte heftig über die neuesten städtischen Vorschriften, die kleine Geschäfte wie seinen benachteiligen würden. Yanik, der immer ein Interesse daran hatte, lokale Angelegenheiten zu verstehen und wo möglich zu unterstützen, beschloss, sich der Diskussion anzuschließen und mehr über die Herausforderungen zu erfahren, mit denen die lokale Geschäftswelt konfrontiert war. Dies vertiefte nicht nur sein Verständnis für Kastellburg, sondern öffnete auch eine Tür zu einer möglichen neuen Rolle als Vermittler und Unterstützer in der Gemeinschaft.

Er erinnerte sich an ein charmantes kleines Café, das er früher am Tag auf dem Marktplatz gesehen hatte, und entschied sich, dorthin zurückzukehren. Das Schild über der Tür verkündete «Lenas Café», benannt nach der Besitzerin, einer Frau, die offensichtlich nicht nur gutes Essen und Kaffee, sondern auch eine warme, einladende Atmosphäre zu schätzen wusste.

Das Café war innen gemütlich eingerichtet, mit Vintage-Möbeln und kleinen, liebevoll dekorierten Tischen. An den Wänden hingen Kunstwerke, die vermutlich lokale Künstler darstellten, und die Atmosphäre war lebendig mit dem Summen von Gesprächen und dem Klirren von Kaffeetassen. Yanik wählte einen Tisch in der Ecke, von wo aus er das bunte Treiben beobachten konnte.

Kaum hatte er Platz genommen, kam eine freundliche Bedienung, um seine Bestellung aufzunehmen.

«Ein Cappuccino, bitte», sagte Yanik und schaute sich weiter um. Während er auf seinen Kaffee wartete, zog ein Stapel Flyer auf einem Nebentisch seine Aufmerksamkeit auf sich. Es waren Ankündigungen für verschiedene lokale Events, einschließlich der bevorstehenden historischen Fahrzeugausstellung. Yanik nahm einen der Flyer und las interessiert die Details.

Die Bedienung brachte ihm seinen Cappuccino.

«Sie sind neu in Kastellburg, oder?», fragte sie lächelnd.

Yanik nickte.

«Ja, ich leite ab nächsten Monat das

Wetterobservatorium. Ich bin heute erst angekommen.»

«Na dann, willkommen in Kastellburg! Ich bin Lena und das hier ist meine kleine Wohlfühloase.»

«Wohlfühloase passt gut», sagte Yanik, «ich fühle mich tatsächlich sehr wohl hier. Ich bin übrigens Yanik.»

Lena nickte ihm lächelnd zu und ging dann zurück zum Tresen.

In diesem Moment betrat Mark das Café. Seine Hände waren noch leicht mit Öl beschmutzt, Zeichen eines Vormittags, der tief in der Arbeit verbracht wurde. Mark sah sich um, als er den Raum betrat, und seine Augen blieben kurz an Yanik haften, der die Flyer las.

Er näherte sich dem Tresen, wo seine Schwester Lena Bestellungen aufnahm.

«Hey, Lena», begrüßte Mark sie kurz und küsste sie auf die Wange. «Kann ich einen Kaffee bekommen? Ich brauche eine Pause.»

«Klar, setz dich», antwortete Lena und nickte in Yaniks Richtung. «Vielleicht möchtest du dich zu dem neuen Herrn im Ort setzen? Er ist der neue Leiter des Wetterobservatoriums. Ich glaube, ihr könntet interessante Gesprächspartner sein.»

Mark zögerte einen Moment, dann nickte er und nahm seinen Kaffee entgegen, bevor er sich zu Yanik an den Tisch setzte.

«Hi», begann er etwas unsicher. «Lena meint, wir sollten uns kennenlernen. Ich bin Mark Kramer.»

Yanik sah auf, überrascht und erfreut über die Gesellschaft.

«Yanik Richter», erwiderte er und reichte Mark die Hand. «Schön, dich kennenzulernen.»

Das Gespräch begann etwas zögerlich, da beide Männer ihre anfängliche Unsicherheit überwanden. Yanik erzählte von seiner Arbeit und seinem Umzug nach Kastellburg, und Mark sprach über die Motorräder, die er restaurierte.

«Motorräder, hm? Das klingt faszinierend», bemerkte Yanik, ehrlich interessiert. «Ich kenne mich zwar nicht gut aus, aber ich kann die Kunst und die Geschicklichkeit dahinter sicherlich schätzen.»

Mark lächelte, ermutigt durch Yaniks Interesse.

«Vielleicht möchtest du ja mal vorbeikommen und dir die Werkstatt ansehen. Ich kann dir einiges zeigen, was dich vielleicht überraschen wird.»

«Das klingt großartig», erwiderte Yanik. «Ich würde das Angebot gerne annehmen.»

Als Yanik und Mark sich weiter unterhielten, wurde ihre anfängliche Zurückhaltung durch eine wachsende Neugier aufeinander ersetzt. Der Klang ihrer Stimmen mischte sich harmonisch in das lebhafte Treiben des Cafés.

«Also, Yanik, was hat dich dazu gebracht, dich auf das Wetter zu spezialisieren? Das klingt nach einer ziemlich spezifischen Leidenschaft», fragte Mark, während er seinen Kaffee umrührte.

Yanik lachte leicht.

«Ich war schon als Kind fasziniert von den Wolken und Stürmen. Wetter ist so dynamisch und unvorhersehbar. Es hat irgendwie etwas Poetisches, findest du nicht? Abgesehen davon war mein Vater bereits Meteorologe und hat mich vermutlich angesteckt. Und wie steht es mit dir? Motorräder sind ja auch kein alltägliches Hobby.»

Mark nickte, während er einen Schluck Kaffee nahm.

«Das stimmt. Es begann eigentlich mit meinem Großvater. Er hatte eine alte Werkstatt, und ich habe dort als Junge viel Zeit verbracht. Motorräder waren unsere gemeinsame Sprache. Aber erzähl mir, was findest du poetisch am Wetter?»

«Es ist die Art, wie es die Umgebung transformiert», erklärte Yanik, seine Augen leuchteten vor Begeisterung. «Ein Sturm kann die Welt um uns herum dramatisch verändern, und dann, nach dem Regen, sieht alles irgendwie neu und frisch aus. Es gibt eine ständige Erneuerung und Veränderung, die ich faszinierend finde.»

Mark lächelte, beeindruckt von Yaniks Sichtweise.

«Das klingt fast so, als würdest du das Wetter malen, nicht studieren.»

«Vielleicht ist das mein unerfüllter Traum – ein Maler des Himmels zu sein», scherzte Yanik. «Und deine Motorräder – was fasziniert dich am meisten an der Restauration?»

«Es ist die Herausforderung, denke ich», antwortete Mark nachdenklich. «Jedes Motorrad hat seine eigene Geschichte, seine eigenen Macken und

Geheimnisse. Sie wieder zum Laufen zu bringen, ihnen neues Leben einzuhauchen, das hat etwas unglaublich Befriedigendes. Es fühlt sich an, als würde ich die Zeit zurückdrehen und gleichzeitig in die Zukunft schauen.»

«Das klingt wirklich beeindruckend. Ich muss zugeben, dass ich nie viel über Motorräder nachgedacht habe, aber die Art, wie du darüber sprichst, macht es wirklich interessant», sagte Yanik, sichtlich beeindruckt.

Mark lächelte breiter.

«Na dann, wie wär's? Willst du nicht mal vorbeischauen und dir die Werkstatt ansehen? Ich könnte dir ein paar Projekte zeigen, die ich gerade in Arbeit habe.»

Yanik nickte begeistert.

«Das würde ich sehr gerne machen. Ich hab sowieso noch ein paar Tage frei. Es wäre eine tolle Abwechslung zum Himmel beobachten.»

Beide lachten, und das Gespräch vertiefte sich weiter. Sie tauschten Gedanken über alles Mögliche aus, von ihren Lieblingsbüchern bis hin zu Musik und Filmen, die sie gerne sahen. Es war, als hätten sie eine seltene Art der Verbindung gefunden, die sie trotz ihrer unterschiedlichen Welten zusammenbrachte.

Als sie schließlich ihre Kaffeebecher abstellten, hatten sie nicht nur mehr über ihre jeweiligen Leidenschaften gelernt, sondern auch eine offene Einladung füreinander ausgesprochen, in die Welt des anderen einzutauchen.

Kapitel 2

Nach ihrer Begegnung im Café trennten sich die Wege von Yanik und Mark, doch die Nachwirkungen ihres Gesprächs und der unerwartete Funke der Verbindung blieben in ihren Gedanken präsent. Yanik spazierte langsam zurück zu seinem neuen Zuhause, den Kopf voller Gedanken über das tiefe Gespräch mit Mark. Er hatte nicht erwartet, in dieser kleinen Stadt jemanden zu treffen, der so faszinierend und doch so unterschiedlich von ihm war.

Während er durch die ruhigen Straßen von Kastellburg ging, betrachtete Yanik den sich ständig verändernden Himmel. Die Reflexionen über Marks Sichtweise auf seine Arbeit – das Wiederherstellen alter Motorräder als eine Art Zeitreise und Zukunftsplanung – faszinierten ihn.

Es gab eine überraschende Parallele zu seiner eigenen Arbeit mit den Wettermustern, ein unerwarteter gemeinsamer Nenner ihrer scheinbar so verschiedenen Berufe.

«Vielleicht gibt es in der Art, wie wir beide die Welt sehen, mehr Gemeinsamkeiten, als ich anfangs dachte», murmelte Yanik vor sich hin, erfüllt von einer neuen Wertschätzung für Marks Kunstfertigkeit.

In der Zwischenzeit hatte Mark die Werkstatt erreicht, seine Gedanken kreisten noch immer um das Gespräch. Er wischte sich mechanisch die öligen Hände an einem alten Tuch ab und lehnte sich nachdenklich gegen die kühle Metalltür seines Arbeitsraums.

Die tiefsinnige Diskussion über Natur, Technik und Kunst hatte unerwartete Gefühle in ihm geweckt, Gefühle, die er seit seiner letzten ernsthaften Beziehung mit Linda nicht mehr gespürt hatte.

«Es ist seltsam», dachte er, «solche Gefühle hatte ich zuletzt bei Linda… das kann doch nicht sein, Yanik ist ein Mann… »

Mark schüttelte ungläubig den Kopf, verwirrt über die Intensität seiner eigenen Reaktionen. Linda war lange ein fester Bestandteil seines Lebens gewesen, und ihre Trennung hatte eine Leere hinterlassen, die er oft zu ignorieren versuchte. Die Begegnung mit Yanik hatte jedoch etwas in ihm berührt, das er nicht ganz definieren konnte.

«Er sieht die Welt auf eine so einzigartige Weise», dachte Mark. «Nicht viele Menschen haben ein solches Auge für das Detail oder eine solche Leidenschaft für das Unberechenbare.»

Mark war beeindruckt von Yaniks Offenheit und der Leichtigkeit, mit der er seine Gedanken zum Ausdruck brachte. Dies machte ihn neugierig auf Yaniks Welt, auf das, was über den

Wolken lag, die er bisher so oft ignoriert hatte. Der Gedanke, dass er vielleicht mehr über Yanik erfahren wollte, ließ ihn zögern. Es war eine seltsame, neue Art von Neugier, eine, die ihn dazu brachte, seine eigenen Gefühle und Annahmen über sich selbst in Frage zu stellen.

Kapitel 3

Yanik fühlte eine Mischung aus Neugier und Aufregung, als er sich der alten umgebauten Scheune näherte, die Mark als seine Werkstatt nutzte.

Während er den Weg zur Werkstatt entlangging, konnte Yanik nicht umhin, über seine Entscheidung nachzudenken, sein gewohntes Leben in der Stadt aufzugeben. Der Umzug nach Kastellburg war ein Sprung ins Ungewisse, doch die Möglichkeit, tief in die Natur eingebettete Phänomene zu erforschen und echte Verbindungen fernab der Großstadt Hektik zu knüpfen, gab ihm ein Gefühl von Freiheit, das er lange vermisst hatte.

Der frische Geruch von Herbstlaub mischte sich mit dem schwachen Duft von Öl und Metall, der aus der offenen Tür wehte. Mark hatte ihn eingeladen, einen Tag in der Werkstatt zu verbringen, und Yanik war begierig darauf, mehr über Marks Welt zu erfahren.

Als er eintrat, wurde er von einer beeindruckenden Anordnung von Werkzeugen und Motorradteilen begrüßt, die sorgfältig organisiert und präsentiert waren. Mark stand inmitten einer halb zusammengebauten Maschine, die Hände tief in den Motorraum eines klassischen BMW Motorrads vergraben.

«Ah, du bist da!», rief Mark, als er Yaniks Reflexion im blanken Chrom eines nahegelegenen Motorradtank sah. Er wischte sich die Hände an einem alten Lappen ab und kam ihm mit einem breiten Lächeln entgegen. «Freut mich, dass du gekommen bist. Ich hoffe, du bist bereit, dir die Hände schmutzig zu machen.»

Yanik lachte und schüttelte den Kopf.

«Ich fürchte, meine Erfahrungen beschränken sich auf theoretische

Modelle und Computerberechnungen, aber ich bin bereit zu lernen.»

Mark führte ihn durch die Werkstatt und erklärte die verschiedenen Projekte, an denen er arbeitete. Jedes Motorrad hatte seine eigene Geschichte, die Mark mit einer Leidenschaft erzählte, die Yanik tief beeindruckte. «Dies hier ist eine seltene R69S von 1960. Sie war in ziemlich schlechtem Zustand, als ich sie bekam, aber sie wird wunderschön sein, wenn sie fertig ist.»

Yanik folgte Mark zu einem Arbeitstisch, wo einige Motorteile ausgelegt waren.

«Möchtest du versuchen, diesen Vergaser zusammenzubauen?», fragte Mark, eine Augenbraue hochziehend. «Ich zeige dir, wie es geht.»

Mit Marks geduldiger Anleitung begann Yanik, die Teile zu montieren. Es war eine sorgfältige, fast meditative Tätigkeit, und Yanik fand schnell Gefallen daran. Das Zusammenfügen der präzisen Metallteile zu einem funktionierenden Ganzen hatte etwas zutiefst Befriedigendes.

«Du hast ein gutes Gefühl dafür», bemerkte Mark, als sie den zusammengebauten Vergaser betrachteten. «Es ist nicht anders als bei deiner Arbeit, oder? Es geht darum, zu verstehen, wie die Teile zusammenpassen, um das große Ganze zu sehen.»

Yanik nickte, den Vergleich betrachtend.

«Ja, es ist ähnlich. Ob es sich um Wolken oder Motorräder handelt, wir versuchen, Chaos in Ordnung zu bringen, nicht wahr?»

Das Lachen, das sie teilten, war ein Beweis für ihre wachsende Verbindung. Sie verbrachten den Rest des Morgens damit, weiter an der Maschine zu arbeiten, wobei Mark Yanik in die Feinheiten der Motorradrestauration einführte. Yanik war fasziniert von der Präzision und Sorgfalt, die Mark in seine Arbeit steckte.

Als die Mittagszeit näher rückte, schlug Mark eine Pause vor.

«Ich denke, es ist Zeit für eine Stärkung. Was hältst du von einem späten Frühstück? Es gibt ein kleines Diner nicht weit von hier, das die besten Pfannkuchen in der Stadt macht.»

Yanik, der sich in der angenehmen Gesellschaft und der fesselnden neuen Erfahrung wohl fühlte, stimmte gerne zu. Während sie die Werkstatt abschlossen und sich zum Diner aufmachten, spürte er eine tiefe Zufriedenheit. Nicht nur, dass er neue Fähigkeiten erlernt hatte, er hatte auch einen Freund gefunden, dessen Gesellschaft er wirklich genoss.

Nachdem sie die gemütliche Werkstatt hinter sich gelassen hatten, führte Mark Yanik zu einem kleinen, lokal beliebten Diner, das sich durch seine rustikale Einrichtung und warme, einladende

Atmosphäre auszeichnete. Während sie dort saßen, umgeben von den leisen Gesprächen anderer Gäste und dem Klirren von Geschirr, genossen sie ihre Mahlzeit und planten den weiteren Tagesverlauf.

«Ich muss sagen, dass das wirklich interessant war, heute Morgen», sagte Yanik, während er einen Schluck Kaffee nahm. «Ich hatte keine Ahnung, dass so viel Detailarbeit in der Restaurierung eines Motorrads steckt.»

Mark lächelte über den dampfenden Teller hinweg.

«Und ich dachte immer, Wetter wäre nur Wetter. Aber du siehst es fast wie eine Kunstform, nicht wahr?»

«Genau das ist es für mich», erwiderte Yanik. «Und da du heute Morgen einen Einblick in meine Welt bekommen hast, wie wäre es, wenn ich dir heute Nachmittag zeige, was ich tue? Es gibt eine Wetterstation nicht weit von hier, und es sieht nach einem interessanten Tag für Beobachtungen aus.»

Mark nickte interessiert.

«Das klingt großartig. Ich habe ehrlich gesagt noch nie eine Wetterstation von innen gesehen.»

Der Nachmittag fand sie auf einer kleinen Anhöhe außerhalb von Kastellburg, wo das neue Wetterobservatorium eine panoramische Aussicht über die umgebende Landschaft bot.

Die moderne Einrichtung stand in starkem Kontrast zu der alten Werkstatt, war aber in ihrer eigenen Weise faszinierend. Große Bildschirme zeigten Echtzeit-Daten von Wind, Temperatur und Niederschlag, während verschiedene Instrumente und Geräte die Umgebung überwachten.

Yanik führte Mark zu einer hochmodernen Wetterradaranlage.

«Dieses Gerät kann die Entwicklung von Stürmen über Hunderte von Kilometern verfolgen», erklärte er. «Wetter ist dynamisch und immer in Bewegung – ähnlich wie die Geschichte eines restaurierten Motorrads, das wieder zum Leben erwacht.»

Während Yanik sprach, berührte er unabsichtlich Marks Arm, um seine Aufmerksamkeit auf einen bestimmten Bildschirm zu lenken. Mark sah ihm in die Augen, und ein Moment des Schweigens entstand, in dem ein beiderseitiges Verständnis zu spüren war.

Mark, beeindruckt von der Technologie und der Komplexität der Datenanalyse, nickte.

«Das ist wirklich beeindruckend. Ich kann sehen, wie du dich hier verlieren könntest, genau wie ich in meinen Motoren.»

Sie setzten ihre Tour fort, und Yanik zeigte auf verschiedene Instrumente, wobei seine Hand gelegentlich Marks Rücken streifte, während sie durch die enge Station gingen.

Diese leichten Berührungen, ob zufällig oder nicht, ließen eine subtile Spannung zwischen ihnen entstehen, eine Mischung aus Neugierde und einer anwachsenden Zuneigung.

Als der Himmel sich zuzog und die ersten Anzeichen eines herannahenden Sturms sich abzeichneten, lud Yanik Mark ein, das Phänomen aus der Sicherheit des Observatoriums zu beobachten. Sie standen nebeneinander, ihre Schultern berührten sich gelegentlich, während sie zusahen, wie dunkle Wolken sich schnell zusammenballten und der Wind an Stärke zunahm.

«Es gibt etwas unglaublich Rohes und Echtes an der Kraft der Natur», sagte Yanik, während er auf die sich verändernden Daten zeigte. «Jeder Sturm erzählt eine Geschichte, ähnlich wie jedes Motorrad, das du restaurierst. Sie haben Anfang, Höhepunkt und Ende.»

Mark nickte, tief beeindruckt von der Schönheit und der Macht des sich entfaltenden Sturms und der Nähe zu Yanik.

«Ich glaube, ich verstehe jetzt, warum du das liebst. Es ist wie ein Tanz von Elementen, nicht wahr?»

Als der Nachmittag zu Ende ging und der leichte Sturm nachließ, fühlten sich beide Männer durch das tiefe Verständnis der Leidenschaften des anderen bereichert.

Nach einem erfüllenden Tag voller neuer Einblicke und gemeinsamer Erlebnisse entschieden sich Yanik und Mark, den Abend mit einem entspannten Spaziergang durch die Altstadt von Kastellburg ausklingen zu lassen. Die untergehende Sonne tauchte die historischen Gebäude in ein warmes, goldenes Licht, und die kühle Abendluft war eine willkommene Erfrischung nach dem spannenden, aber anstrengenden Tag.

Yanik und Mark schlenderten durch die engen, von Kopfsteinpflaster bedeckten

Gassen Kastellburgs. Die untergehende Sonne hüllte die Altstadt in ein weiches, goldenes Licht und die frische Abendluft erfüllte ihre Lungen mit neuer Energie.

«Es ist erstaunlich, wie Philosophie sich durch die Jahrhunderte entwickelt hat, nicht wahr?», begann Yanik, während sie an einem alten Brunnen vorbeigingen. «Von Platon zu modernen Denkern, die Ideen sind immer in Bewegung.»

Mark nickte, seine Augen leuchteten auf.

«Ja, und es ist wie in der Technik. Alte Konzepte, neu interpretiert. Wie bei den Motorrädern, die ich restauriere. Alte Modelle, die ich mit moderner Technik wieder zum Leben erwecke.»

«Genau! Es ist die Transformation, die fasziniert», erwiderte Yanik mit einem Lächeln. «Übrigens, hast du kürzlich einen guten Film gesehen?»

Mark lachte.

«Ich habe letzte Woche ‚Inception‘ wieder gesehen. Ich liebe die Art und Weise, wie Nolan mit der Idee der Traumebenen spielt. Wie steht's mit dir? Irgendwelche Empfehlungen?»

«Ah, Nolan ist großartig. Ich bin mehr für Klassiker. Letztens habe ich ‚Casablanca‘ wieder gesehen. Die Dialoge, die Stimmung – einfach zeitlos.»

«Ein echter Klassiker», stimmte Mark zu. «Ich muss zugeben, ich habe ebenfalls eine Schwäche für alte Filme. Es gibt etwas an ihnen, das so… authentisch ist.»

Ihre Schritte führten sie in ein kleines Bistro, das mit seiner warmen Beleuchtung und den rustikalen Möbeln einladend wirkte. Sie wählten einen Tisch in einer ruhigen Ecke, um ihr Gespräch fortzusetzen.

«Was hältst du von der Theorie, dass Filme und Bücher uns tatsächlich zu besseren Menschen machen können, indem sie Empathie fördern?», fragte

Yanik, während sie die Speisekarten betrachteten.

«Es macht Sinn», erwiderte Mark nachdenklich. «Kunst im Allgemeinen – sei es durch Bilder, Geschichten oder sogar Musik – gibt uns die Möglichkeit, Leben aus einer anderen Perspektive zu sehen. Das erweitert definitiv den Horizont.»

Yanik nickte, beeindruckt von Marks Einsicht.

«Ich denke, das trifft den Nagel auf den Kopf. Indem wir uns in andere hineinversetzen, lernen wir mehr über uns selbst.»

Gerade als sie ihre Bestellungen aufgaben, öffnete sich die Tür des Bistros, und eine Frau trat ein. Ihr Blick fiel sofort auf Mark, und ihre Augen leuchteten auf, als sie ihn erkannte. Mark erstarrte sichtlich, als er die Frau sah – es war Linda, seine Ex-Freundin.

Ihr Erscheinen war wie ein plötzlicher Temperaturabfall, der die zuvor warme Atmosphäre erschütterte.

«Mark! Was für eine Überraschung, dich hier zu sehen», sagte Linda mit einem Lächeln, das etwas zu eifrig wirkte. Sie näherte sich ihrem Tisch, ihr Blick flüchtig auf Yanik fallend, bevor sie sich wieder Mark zuwandte. «Darf ich mich setzen?»

Mark zögerte, spürte Yaniks fragenden Blick auf sich.

«Äh, natürlich», erwiderte er schließlich, seine Stimme unsicher. Linda setzte sich, ohne ihre Augen von Mark abzuwenden, und ignorierte dabei die spürbare Spannung.

Yanik, der die Situation schnell erfasste, versuchte, die Stimmung aufzulockern.

«Ich bin Yanik», sagte er, reichte Linda freundlich die Hand. «Ein Freund von Mark.»

Linda lächelte höflich und schüttelte seine Hand, ihre Aufmerksamkeit jedoch klar auf Mark gerichtet. «Schön, dich kennenzulernen, Yanik.» Sie wandte sich wieder Mark zu. «Ich habe gehört, du hast dich jetzt ganz deinen Motorrädern gewidmet. Das ist wirklich großartig.»

Als Linda sich an den Tisch gesetzt hatte und ihre Gegenwart die Atmosphäre bereits spürbar verändert hatte, begann sie mit einem nostalgischen Ton in ihrer Stimme.

«Weißt du noch, Mark, wie wir damals diesen Roadtrip zum Bodensee gemacht haben? Das war so ein magischer Tag», sagte Linda, während sie versuchte, Marks Blick zu fangen.

Mark nickte knapp, sein Lächeln angespannt.

«Ja, das war eine schöne Zeit. Aber erzähl mal, Yanik, bist du schon mal am Bodensee gewesen? Es ist wirklich eine schöne Gegend für Wetterbeobachtungen.»

Yanik, der die Situation schnell erfasst hatte und bemühte sich, das Gespräch auf neutralere Themen zu lenken, antwortete: «Nein, bisher noch nicht, aber es steht definitiv auf meiner Liste. Ich bin mehr in den Bergen unterwegs gewesen, besonders im Winter. Der Schnee und die Stürme dort sind beeindruckend.»

Linda, leicht frustriert über die Abwendung von ihrer Anekdote, versuchte erneut, eine Verbindung zu Mark herzustellen.

«Erinnerst du dich auch an den Winter, als wir fast eingeschneit wurden? Du und ich, eingekuschelt mit heißer Schokolade?»

Mark seufzte leicht, merklich bemüht, höflich zu bleiben.

«Ja, das war ein ziemlich starker Schneefall. Aber sprechen wir über etwas Aktuelles. Yanik hat mir gerade von seinem Projekt erzählt, das wirklich interessant klingt. Vielleicht möchtest du mehr darüber erfahren?»

Yanik, der Marks Versuche bemerkte, das Gespräch umzulenken, sprang ein.

«Ich arbeite an einer Studie über die Auswirkungen von Klimaveränderungen auf lokale Wetterphänomene. Es ist faszinierend, wie alles miteinander verbunden ist, nicht nur atmosphärisch, sondern auch in Bezug auf die Auswirkungen auf die lokale Fauna und Flora.»

Linda lächelte zwar, doch ihre Augen zeigten eine Spur von Enttäuschung, da das Gespräch sich weiter von persönlichen Erinnerungen entfernte.

«Das klingt ja sehr umfassend. Du musst sehr engagiert sein in deiner Arbeit, Yanik.»

«Ja, es nimmt viel Zeit in Anspruch, aber es ist eine Leidenschaft», erwiderte Yanik, froh darüber, das Gespräch auf wissenschaftliche und weniger persönliche Themen lenken zu können.

Das Essen kam, und die drei aßen größtenteils schweigend, wobei die Spannungen unter der Oberfläche schwelten. Linda machte noch ein paar halbherzige Versuche, das Gespräch auf ihre gemeinsame Vergangenheit mit Mark zu lenken, aber es war offensichtlich, dass Mark daran interessiert war, in der Gegenwart und vielleicht in einer Zukunft mit neuen Möglichkeiten zu bleiben.

Kapitel 4

Nachdem Linda das Bistro verlassen hatte, blieb eine spürbare Stille zwischen Mark und Yanik zurück. Die Luft war noch immer schwer von den unausgesprochenen Worten und den nachhallenden Emotionen. Mark schien nachdenklich, während er den letzten Schluck seines Getränks hinunterstürzte, den Blick auf den leeren Teller gerichtet.

«Es tut mir leid, dass das so gelaufen ist», brach Mark schließlich das Schweigen. «Linda und ich… es ist eine lange Geschichte. Manchmal denke ich, sie ist noch nicht ganz darüber hinweg.»

Yanik legte beruhigend seine Hand auf Marks Arm.

«Es ist okay, Mark. Beziehungen können kompliziert sein. Du musst dich nicht entschuldigen.» Seine Stimme war weich und verständnisvoll, ein starker Kontrast zu der angespannten Stimmung, die Linda hinterlassen hatte.

Mark nickte, dankbar für Yaniks Verständnis.

«Danke, Yanik. Ich schätze es wirklich, dass du so verständnisvoll bist. Es ist nicht immer leicht, die Vergangenheit hinter sich zu lassen, besonders wenn sie unerwartet an deine Tür klopft.»

«Jeder hat etwas, das er hinter sich lassen muss», erwiderte Yanik nachdenklich. «Aber es ist, wie wir damit umgehen, was zählt, nicht wahr? Wenn du jemals reden möchtest, ich bin hier.»

Marks Gesicht hellte sich auf, ein schmales Lächeln umspielte seine Lippen.

«Das bedeutet mir viel. Und ja, vielleicht nehme ich dich beim Wort. Es könnte helfen, einige Dinge zu besprechen.»

Die Konversation verlagerte sich dann langsam zurück zu leichteren Themen.

Sie sprachen über bevorstehende Projekte, über Bücher, die sie lesen wollten, und Pläne für die kommenden Wochen. Die Atmosphäre wurde lockerer, und das Lachen kehrte zurück, als sie das Bistro schließlich verließen.

In der kühlen Nachtluft spazierten sie langsam zurück zu Marks Motorradwerkstatt. Der Abend war dunkel, die Sterne funkelten über ihnen, eine klare Nacht, die die schwere Stimmung des Abends zu lichten schien.

«Ich muss sagen, es war trotz allem ein guter Abend», sagte Mark, als sie anhielten. «Ich habe viel über Wetterstationen und… na ja, auch über mich selbst gelernt.»

«Ich auch», stimmte Yanik zu. «Es ist immer gut, neue Perspektiven zu gewinnen. Und ich freue mich, mehr Zeit mit dir zu verbringen, Mark.»

Die beiden Männer standen einen Moment schweigend da, jede der Gedanken des anderen erwägend.

Dann brach Mark das Schweigen: «Ich denke, ich werde jetzt zurückfahren. Es ist spät, und wir haben beide einen langen Tag hinter uns.»

«Sicher», nickte Yanik. «Pass auf dich auf, Mark. Und danke für heute.»

«Danke, dass du da bist», antwortete Mark und stieg auf sein Motorrad. Er winkte noch einmal, bevor er in die Nacht davonfuhr, zurückgelassen mit dem Gefühl, dass trotz der unerwarteten Ereignisse etwas Wertvolles und Bedeutungsvolles gewachsen war.

Yanik beobachtete, wie Mark davonfuhr, und fühlte eine tiefe Zufriedenheit darüber, wie sich ihre Freundschaft entwickelte. Die Sterne leuchteten hell, als ob sie den Weg für eine neue, unerwartete Reise beleuchteten.

Kapitel 5

Ein paar Tage nach dem unerwarteten Treffen im Bistro fanden sich Mark und Yanik in einer ruhigen Ecke von Lenas Café wieder. Mark hatte Yanik hierher eingeladen, nicht nur um in entspannter Atmosphäre Kaffee zu trinken, sondern auch, um die Gelegenheit zu nutzen, sich ihm gegenüber zu öffnen. Yanik hatte sich als ein verständnisvoller und aufmerksamer Zuhörer erwiesen, und Mark fühlte, dass dies der richtige Moment war, um mehr über seine Vergangenheit zu teilen.

Die beiden setzten sich an einen abgelegenen Tisch neben dem Fenster, von wo aus sie die herbstlich gefärbten Bäume im Park gegenüber betrachten konnten. Nachdem sie ihre Bestellungen aufgegeben hatten, schwieg Mark einen Moment, sammelte seine Gedanken, bevor er begann.

«Ich schätze, du fragst dich vielleicht über das, was mit Linda passiert ist…» begann Mark zögerlich, seine Augen nicht von der dampfenden Tasse vor ihm abwendend.

Yanik nickte, gab ihm ein ermutigendes Lächeln.

«Nur wenn du darüber sprechen möchtest, Mark. Ich bin hier, um zuzuhören, nicht zu urteilen.»

Mark atmete tief durch und sah Yanik dann direkt an.

«Linda und ich waren lange zusammen. Es war ernst, weißt du? Aber im Laufe der Zeit… Ich habe erkannt, dass wir auf unterschiedlichen Wegen waren. Meine Leidenschaft für die Restaurierung und der Aufbau meiner Werkstatt nahmen viel von meiner Zeit und Energie in Anspruch. Linda wollte mehr… mehr Aufmerksamkeit, mehr von einem ‚normalen' Leben, das ich ihr nicht geben konnte.»

«Das klingt hart», murmelte Yanik, seine Stimme voller Mitgefühl.

«Ja, es war nicht einfach», fuhr Mark fort. «Ich glaube, der wahre Bruch kam, als ich spürte, dass ich nicht mehr ich selbst sein konnte. Ich musste ständig Kompromisse eingehen, die mich von meinen eigenen Zielen abbrachten. Es endete, weil ich frei sein wollte, mich auf das zu konzentrieren, was mir wirklich wichtig ist. Außerdem wollte ich ehrlich zu ihr sein. Ich hatte einfach nicht die intensiven Gefühle für sie, die sie für mich empfand.»

Yanik nickte verständnisvoll.

«Es ist mutig, zu erkennen, dass ihr beide etwas anderes brauchtet. Und es ist wichtig, dass du deine eigenen Träume verfolgst. Manchmal müssen wir schwere Entscheidungen treffen, um wahr zu uns selbst zu sein.»

«Genau das», stimmte Mark zu und ein Lächeln zeichnete sich auf seinem Gesicht ab. «Ich schätze es wirklich, dass du das verstehst. Es fühlt sich gut an, darüber zu sprechen. Linda hat immer noch Schwierigkeiten, das zu akzeptieren. Ihre Anwesenheit neulich Abend hat das ziemlich deutlich gemacht.»

«Manchmal hängen Menschen an der Vergangenheit, weil sie Angst vor der Zukunft haben», sagte Yanik nachdenklich. «Aber es ist gut, dass du nach vorn schauen kannst.»

Als sie das Café verließen, fühlte sich Mark erleichtert und gestärkt durch das offene Gespräch.

Einige Tage nach ihrem tiefgründigen Gespräch trafen sich Mark und Yanik bei einem lokalen Event, das von Marks Werkstatt gesponsert wurde. Es war ein Herbstfestival, das traditionell das Ende der Motorradsaison markierte und Besucher aus der ganzen Region anzog. Mark hatte einen Stand aufgebaut, wo er einige seiner restaurierten Klassiker präsentierte, und die Aufregung in der Luft war spürbar.

Die Atmosphäre war lebhaft, mit Menschen, die zwischen den verschiedenen Ständen umhergingen, Live-Musik, die in der Luft klang, und dem Duft von gegrilltem Essen. Mark führte Yanik stolz um seinen Stand herum, zeigte ihm die Motorräder, die er und sein Team über die Wintermonate restauriert hatten.

«Das hier ist das neueste Projekt, das wir abgeschlossen haben,» erklärte Mark, während er auf eine glänzende, vollständig restaurierte Triumph Bonneville deutete. «Sie war ziemlich heruntergekommen, als wir sie bekamen, aber schau sie dir jetzt an.»

Yanik bewunderte das Motorrad, seine Augen glänzten vor Anerkennung.

«Es ist wirklich beeindruckend, was du aus ihr gemacht hast. Du hast ein echtes Talent dafür, Mark.»

Während sie weitergingen, bemerkte Yanik die Bewunderung und den Respekt, den die Besucher Mark entgegenbrachten. Es war offensichtlich, dass er in der lokalen Motorrad-Community sehr geschätzt wurde.

Als sie gerade dabei waren, zu einem anderen Teil des Festivals überzugehen, tauchte Linda plötzlich auf. Ihr Erscheinen war unerwartet, und die Atmosphäre zwischen ihr und Mark war sofort angespannt. Yanik, der neben Mark stand, konnte die Veränderung in Marks Haltung spüren.

«Mark! Schön, dich hier zu sehen,» sagte Linda, ihr Tonfall überschwänglich, als sie sich näherte. «Du scheinst ja ganz beschäftigt zu sein. Das ist toll zu sehen.»

Mark nickte höflich.

«Linda. Ja, es ist eine große Veranstaltung für uns. Yanik, Linda, ihr habt euch ja schon kennengelernt.»

«Hallo, Yanik,» sagte Linda, während sie ihn mit einem leicht prüfenden Blick musterte.

Yanik lächelte freundlich und erwiderte die Begrüßung, bemühte sich jedoch, eine neutrale Haltung zu bewahren. Die Spannung war fast greifbar, und er wollte nichts tun, was die Situation verschärfen könnte.

Als Linda weiterhin versuchte, das Gespräch auf persönlichere Themen zu lenken und alte Erinnerungen mit Mark zu teilen, blieb Mark professionell, aber distanziert. Er antwortete höflich auf ihre Kommentare, lenkte das Gespräch jedoch immer wieder zurück auf das Event und die Motorräder.

Nach einigen Minuten verabschiedete sich Linda, nicht ohne einen letzten, etwas wehmütigen Blick auf Mark zu werfen. Als sie gegangen war, ließ Mark einen tiefen Seufzer der Erleichterung.

«Danke, dass du da bist, Yanik. Es hilft wirklich, jemanden dabei zu haben, der die Situation versteht,» sagte Mark, sichtlich erleichtert, dass das Gespräch vorbei war.

Yanik legte beruhigend eine Hand auf Marks Schulter. «Kein Problem. Ich bin froh, dass ich helfen konnte.»

Kapitel 6

Tobias Engel war seit mehreren Jahren ein fester Bestandteil der lokalen Motorrad-Szene, bekannt für sein technisches Know-how und seine akribische Arbeitsweise. Als ehemaliger Arbeitskollege von Mark hatten sie gemeinsam in einer renommierten Werkstatt gearbeitet, bevor Mark sich entschied, seinen eigenen Weg zu gehen und eine eigene Werkstatt zu eröffnen.

Tobias hatte Marks Erfolg immer mit gemischten Gefühlen beobachtet. Einerseits bewunderte er Marks Fähigkeit, Risiken einzugehen und seine Träume zu verfolgen, andererseits konnte er sich des Neides nicht erwehren, der in ihm aufkeimte, als er sah, wie Mark sowohl beruflich als auch in der öffentlichen Wahrnehmung florierte. Davon abgesehen fühlte er etwas für Mark, das er in seinen Augen nicht fühlen sollte. Manchmal hatte er das Gefühl, sich selbst dafür bestrafen zu müssen, doch es war Mark, den er lieber bestrafen wollte. Ihre Wege hatten sich getrennt, und während Mark sein Geschäft ausbaute, blieb Tobias in einer Position, die ihm wenig Raum für persönliches Wachstum bot.

Während Mark und Yanik das Festival genossen, weit entfernt von den verwickelten Emotionen, die Lindas kurze Anwesenheit aufgewirbelt hatte, fand sich Tobias in einer ganz anderen Situation wieder. Er war ebenfalls zum Event gekommen, weniger aus Interesse an den Motorrädern, sondern mehr, um Mark zu beobachten, dessen Erfolg er mit einer Mischung aus Neid und Bewunderung verfolgte.

Tobias schlenderte durch die Menge, sein Blick fiel immer wieder auf Mark und Yanik, die zusammen lachten und sichtlich eine gute Zeit hatten. Das Bild der beiden zusammen – so entspannt und fröhlich – löste in Tobias eine bittere Eifersucht aus. Er konnte nicht verstehen, was Mark in Yanik fand, das er in ihm selbst nicht sehen konnte.

Als er sich abwandte, um seine Frustration zu verbergen, stieß er unerwartet auf Linda. Sie stand allein an einem der Essensstände, ihr Gesichtsausdruck nachdenklich und etwas verloren. Tobias erkannte sofort eine Gelegenheit, als er sah, wie Linda Mark über die Menschenmenge hinweg beobachtete.

«Schwer, nicht wahr?», begann Tobias, sich neben Linda stellend und ihrer Blickrichtung folgend.

Linda zuckte zusammen, leicht überrascht von seiner Anwesenheit.

«Tobias? Oh, ja, ich… es ist seltsam, ihn so zu sehen», gab sie zu, ihre Stimme ein leises Echo ihrer üblichen Entschlossenheit.

«Ich verstehe dich. Es ist nicht leicht, jemanden, den man einmal geliebt hat, weiterzugeben, besonders an jemanden, der so anders ist», fuhr Tobias fort, seine Worte sorgfältig wählend, um Empathie zu signalisieren, obwohl jedes Wort von seinen eigenen versteckten Motiven durchtränkt war.

Linda nickte, ein schwaches Lächeln umspielte ihre Lippen, aber ihre Augen blieben traurig.

«Ja, genau das. Und es ist noch schwieriger, wenn du das Gefühl hast, dass noch etwas da ist, oder?»

«Absolut», stimmte Tobias zu, eifrig darauf bedacht, das Band ihrer gemeinsamen Enttäuschung zu stärken. «Weißt du, Linda, manchmal denke ich, dass Leute wie wir etwas unternehmen müssen, um nicht übergangen zu werden. Es gibt Dinge, die wir tun können… um vielleicht die Augen derer zu öffnen, die uns nicht mehr sehen.»

Linda sah ihn nachdenklich an, ein Funke von Interesse in ihrem Blick.

«Was schlägst du vor, Tobias?»

Tobias lächelte, seine Augen funkelten mit einem kalten Glanz.

«Vielleicht sollten wir einfach ein wenig mehr zusammen sein, uns austauschen, Pläne machen. Manchmal brauchen Menschen einen kleinen Schubs, um zu erkennen, was sie vermissen.»

Linda zögerte einen Moment, dann nickte sie langsam.

«Vielleicht hast du recht. Ich möchte wirklich, dass Mark sieht, was er verliert.»

Mit dieser stillschweigenden Übereinkunft verbanden sich ihre Interessen auf eine Weise, die keiner von ihnen vollständig verstand, doch beide fühlten, dass sie nun nicht mehr allein in ihrem Kampf waren. Während sie ihre Unterhaltung fortsetzten, begannen sie, Ideen auszutauschen, wie sie ihre jeweiligen Ziele erreichen könnten –

nicht ahnend, dass ihre Pläne unvorher-
sehbare Konsequenzen haben könnten.

Kapitel 7

Der Tag neigte sich dem Ende zu, und das Herbstfestival war in vollem Gange. Trotz der vorherigen Spannungen und der unerwarteten Begegnungen hatten Mark und Yanik es geschafft, das Beste aus der Situation zu machen.

Sie genossen die Gemeinschaft und das belebende Treiben des Festes, lachten über Geschichten alter Zeiten und planten künftige Projekte.

Doch wie so oft hatte das Schicksal andere Pläne.

Während sie gerade dabei waren, die letzten Besucher an Marks Stand zu begrüßen, zogen dunkle Wolken am Horizont auf. Yanik, der Meteorologe, bemerkte zuerst die sich schnell ändernde Wetterlage.

«Sieht aus, als würde uns ein ziemlich heftiger Sturm bevorstehen,» kommentierte er, während er besorgt den Himmel beobachtete.

Mark blickte auf und folgte Yaniks Blick.

«Das ging schnell. Meinst du, wir sollten anfangen, hier aufzuräumen?»

«Besser ist das,» stimmte Yanik zu. «Diese Wolken sehen nicht sehr freundlich aus. Wir sollten besser alles sichern, bevor es losgeht.»

Schnell machten sie sich daran, die empfindlichen Teile und Dokumente zu schützen und das Equipment abzudecken. Andere Standbesitzer und Festivalteilnehmer folgten ihrem Beispiel, als das erste Donnergrollen die Luft erfüllte und starke Windböen über das Gelände fegten.

Als der Regen einsetzte, verwandelte er das Festivalgelände schnell in ein chaotisches Bild von hastig fliehenden Menschen und umherfliegenden Gegenständen. Mark und Yanik arbeiteten Hand in Hand, um alles zu sichern, wobei sie gelegentlich anderen halfen, deren Stände in Mitleidenschaft gezogen wurden.

Inmitten des Sturms zeigte sich ihre tiefe Verbindung und Teamfähigkeit. Mark war beeindruckt von Yaniks Ruhe und Fachwissen über das Wetter, während Yanik Marks praktische Fähigkeiten und schnelles Handeln schätzte. Zusammen bildeten sie ein effektives Team, das in der Lage war, den Herausforderungen des Moments zu begegnen.

Nach etwa einer Stunde ließ der Sturm nach, und die Welt wurde still, als wäre nichts geschehen. Sie standen nebeneinander, nass und etwas erschöpft, aber lächelnd.

«Das war ja was,» sagte Mark, das Wasser von seiner Stirn wischend.

«Definitiv,» erwiderte Yanik, einen Blick auf das jetzt friedliche Festivalgelände werfend. «Aber wir haben es gut gemeistert. Danke, Mark, dass du so ruhig geblieben bist.»

«Ich könnte dasselbe über dich sagen,» meinte Mark und gab Yanik einen freundschaftlichen Klaps auf den Rücken. «Du bist ziemlich beeindruckend, wenn es um Wetter geht.»

Nach dem turbulenten Festivalende beschlossen Mark und Yanik, den Tag mit einem ruhigen Spaziergang durch den lokalen Park ausklingen zu lassen.

Die Ereignisse des Tages hatten sie einander nähergebracht, und beide fühlten eine stille Anerkennung für die Stärke und Unterstützung, die sie einander gezeigt hatten.

Die Sonne neigte sich dem Horizont zu, und das weiche Abendlicht spielte durch die farbigen Blätter der Bäume, die den Pfad säumten. Sie sprachen wenig, aber die Stille zwischen ihnen war komfortabel und vertraut.

Mark führte Yanik zu einer abgelegenen Bank in der Nähe eines kleinen

Teiches, ein Ort, den er schätzte und oft besuchte, wenn er nachdenken wollte.

Sie setzten sich, und Mark schaute auf das ruhige Wasser.

«Heute war irgendwie… intensiv, nicht wahr?», begann er, seine Worte abwägend. «Ich meine, nicht nur der Sturm und das Festival, sondern auch das, was zwischen uns passiert ist.»

Yanik nickte, den Blick auf das Wasser gerichtet.

«Ja, ich habe das auch gespürt. Es war mehr als nur das Teilen einer Herausforderung. Es fühlt sich an, als hätten wir eine Grenze überschritten, von der ich nicht sicher war, dass wir sie erreichen würden.»

Mark drehte sich zu Yanik, seine Augen suchten dessen.

«Yanik, ich…» Er zögerte, kämpfte mit den Worten. «Ich fühle mich dir sehr verbunden. Mehr, als ich erwartet hatte.»

Yanik sah ihm direkt in die Augen, seine eigenen Gefühle brodelnd unter der Oberfläche.

«Ich auch, Mark. Es gibt da etwas zwischen uns, nicht wahr? Etwas, das sich nicht mehr ignorieren lässt.»

Die Luft zwischen ihnen knisterte vor ungesagten Worten und unausgesprochenen Gefühlen. Langsam, fast zögerlich, neigte sich Mark vor und Yanik erwiderte die Bewegung. Ihre Lippen trafen sich in einem sanften, vorsichtigen Kuss, der mehr sagte als tausend Worte. Es war ein Moment der Offenbarung, der Verwundbarkeit und des tiefen Vertrauens.

Als sie sich voneinander lösten, war die Welt um sie herum für einen Moment still. Mark atmete tief durch, ein Ausdruck von Erleichterung und Freude auf seinem Gesicht.

«Das war…» Er suchte nach Worten, fand keine, die dem Moment gerecht werden könnten.

Yanik lächelte, seine Hand fand Marks.

«Ja, das war es.»

Nach ihrem ersten Kuss saßen Mark und Yanik noch einige Minuten still nebeneinander, jeder in seinen Gedanken vertieft, als sie die Folgen dessen, was gerade geschehen war, zu begreifen versuchten. Die Stille war nicht unangenehm, doch die Luft war erfüllt mit einer Mischung aus Verwirrung und Erwartung. Schließlich brach Mark das Schweigen.

«Yanik, das war… unerwartet, aber nicht unwillkommen», begann Mark vorsichtig, seine Worte sorgfältig wählend. «Ich weiß, das könnte kompliziert sein, besonders weil ich… bisher nie in dieser Situation war.»

Yanik nickte, sah Mark direkt an.

«Ich schätze deine Offenheit, Mark. Es ist wichtig, dass wir ehrlich darüber sind, was wir fühlen und was das für uns bedeutet. Ich möchte nicht, dass du dich unter Druck gesetzt fühlst.»

Mark lächelte sanft, dankbar für Yaniks Verständnis.

«Ich habe Gefühle für dich entwickelt, Yanik, tiefere, als ich zuerst dachte. Aber ich stimme zu, dass wir vielleicht Zeit brauchen, um wirklich zu verstehen, was das bedeutet. Ich möchte sicherstellen, dass wir dies richtig angehen.»

«Ich möchte nicht, dass du dich wegen mir in irgendetwas stürzt, Mark», sagte Yanik ernst. «Was auch immer du brauchst und wie viel Zeit das auch in Anspruch nimmt, ich bin für dich da. Wir können Freunde bleiben, wenn das für dich besser ist.»

Mark schätzte Yaniks Rücksichtnahme und Fürsorge.

«Danke, Yanik. Lass uns einfach sehen, wohin diese Reise geht, ohne Druck. Ich schätze deine Freundschaft und alles andere, was daraus werden könnte.»

Nachdem sie eine Weile gesprochen hatten, entschieden sie sich, den Park zu verlassen und in Richtung ihrer jeweiligen Wohnungen zu gehen. Obwohl viele Fragen unbeantwortet blieben, fühlten sie sich durch das offene Gespräch gestärkt.

Als sie sich an der Kreuzung, die zu ihren getrennten Wegen führte, voneinander verabschiedeten, tauschten sie einen weiteren kurzen, aber bedeutungsvollen Kuss aus. Es war eine Bestätigung ihrer wachsenden Gefühle und des gegenseitigen Respekts – ein Versprechen, egal was kommen mochte, sie würden es zusammen durchstehen.

Kapitel 8

Während Mark und Yanik langsam ihren Weg durch den Prozess der Selbstentdeckung und des emotionalen Eingeständnisses machten, wurden sie unbemerkt zu Figuren in einem weniger wohlwollenden Spiel.

Linda und Tobias hatten sich nach ihrem zufälligen Treffen auf dem Festival weiterhin ausgetauscht, angetrieben von ihren jeweiligen Frustrationen und dem gemeinsamen Ziel, etwas an der aktuellen Situation zu ändern.

An einem kühlen Abend trafen sich Linda und Tobias in einer abgelegenen Ecke eines kleinen Cafés, weit weg von neugierigen Blicken. Die Tische um sie herum waren größtenteils leer, und das gedämpfte Licht sorgte für eine fast konspirative Atmosphäre.

Linda rührte nachdenklich in ihrem Kaffee, ihre Augen flackerten mit einer

Mischung aus Entschlossenheit und Sorge.

«Wir können nicht einfach zusehen, wie Mark sich von uns entfernt. Ich habe das Gefühl, dass ich ihn verliere, und ich bin nicht bereit, das zu akzeptieren», sagte sie mit leiser Stimme.

Tobias, der sich in seiner Rolle als Verbündeter sichtlich wohler fühlte, nickte zustimmend.

«Ich verstehe dich vollkommen, Linda. Ich habe ähnliche Gefühle, wenn ich sehe, wie Mark mit Yanik zusammen ist. Es ist, als hätte er uns komplett vergessen.»

«Genau», stimmte Linda zu, ihre Stirn in Falten. «Ich denke, es ist an der Zeit, dass wir etwas unternehmen. Etwas, das Mark die Augen öffnet und ihn vielleicht dazu bringt, seine Entscheidungen zu überdenken.»

Tobias lehnte sich vor, seine Stimme senkend.

«Ich habe da etwas ganz Bestimmtes im Sinn.»

Sie besprachen weiterhin Details ihrer kleinen Verschwörung, planten, wie sie diskret Einfluss auf die Wahrnehmung anderer ausüben könnten, ohne dabei zu offensichtlich zu wirken. Beide wussten, dass es riskant war, aber die Verzweiflung und das Gefühl der Zurückweisung hatten sie an einen Punkt gebracht, an dem nur noch drastische Maßnahmen als Lösung erschienen.

Als sie das Café verließen, fühlten sich Linda und Tobias ermutigt, obwohl sie wussten, dass der Weg, den sie eingeschlagen hatten, gefährlich und möglicherweise selbstzerstörerisch war. Doch in ihrem Streben, das zu bewahren, was sie verloren glaubten, waren sie bereit, dieses Risiko einzugehen.

Ihre Verschwörung begann im Verborgenen, und sie waren fest entschlossen, ihre Pläne in die Tat umzusetzen.

Das nächste öffentliche Event, an dem Mark und Yanik teilnahmen, war eine groß angelegte Motorradmesse, bei der Mark eingeladen wurde, über die Kunst der Restauration zu sprechen. Es war eine perfekte Gelegenheit für beide, ihre enge Verbindung zu demonstrieren, nicht nur als Geschäftspartner, sondern auch als Freunde. Die offensichtliche Nähe zwischen ihnen löste jedoch auch Gemurmel und getuschelte Kommentare aus.

Mark führte Yanik durch verschiedene Stände, diskutierte technische Details und teilte persönliche Anekdoten über seine Erfahrungen mit jedem Modell. Ihre gegenseitige Wertschätzung und das Vertrauen, das sie füreinander empfanden, waren deutlich sichtbar.

Tobias, der die Gerüchte sorgfältig vorbereitet hatte, suchte gezielt den richtigen Moment, um Mark öffentlich zu konfrontieren. Er fand diesen Moment, als Mark gerade eine Pause zwischen den Präsentationen machte. Mit einer Mischung aus Besorgnis und Vorwurf in seiner Stimme trat Tobias an Mark heran, während Yanik nur ein paar Schritte entfernt stand.

«Mark, kann ich kurz mit dir sprechen? Es geht um etwas Wichtiges», begann Tobias und zog Mark etwas abseits.

Seine Stimme war laut genug, dass Yanik und einige andere Anwesende mithören konnten.

«Ich bin etwas verwirrt über die Gerüchte, die ich gehört habe. Es heißt, du wärst gestern Nacht mit Linda zusammen gewesen. Warum tust du dann so, als ob du und Yanik… ihr wisst schon.»

Mark, sichtlich geschockt und verwirrt, antwortete schnell: «Das stimmt nicht, Tobias. Ich weiß nicht, wer dir das erzählt hat, aber das ist völlig falsch.»

Bevor er weiter erklären konnte, trat Linda zur Gruppe hinzu, ihre Augen blickten traurig zu Mark.

«Oh, Mark, ich dachte, wir hätten gestern Abend etwas Besonderes geteilt. Warum leugnest du das?», sagte sie laut, ihre Stimme gesättigt mit gespielter Enttäuschung und Verletzung.

Yanik, der die Konversation mit wachsendem Entsetzen verfolgt hatte, spürte, wie der Boden unter seinen Füßen zu schwanken begann. Die Worte trafen ihn wie ein Schlag.

Verwirrt und verletzt durch die Anschuldigungen und das unerwartete Theater, das sich vor seinen Augen abspielte, trat er vor.

«Mark, ist das wahr?», fragte Yanik, seine Stimme zitterte. Sein Blick wechselte zwischen Mark und Linda, unsicher, wem er glauben sollte.

Mark drehte sich zu Yanik um, seine Augen voller Dringlichkeit.

«Nein, Yanik, das ist alles erfunden. Ich versichere dir, nichts davon ist wahr. Ich habe keine Ahnung, warum Linda so etwas sagen würde.»

«Aber Mark, du hast gesagt, du liebst mich!», rief Linda in gespielter Verzweiflung. Sie warf sich in Marks Arme.

«Ich… ich muss jetzt erstmal allein sein.»

Yanik wandte sich enttäuscht ab und ging. Er war sich einfach nicht mehr sicher, ob er Mark vertrauen konnte.

Kapitel 9

Nach den aufwühlenden Ereignissen der Motorradmesse fühlte sich Mark zerrissen und unsicher, wie er die Situation mit Linda und Yanik angehen sollte. Auf der Suche nach Rat und einem vertrauten Ohr entschied er sich, Lena in ihrem Café zu besuchen.

Als Mark das Café betrat, wurde er von der vertrauten Wärme des Raumes und dem Duft frisch gebrühten Kaffees empfangen. Lena war hinter der Theke beschäftigt, doch als sie Mark sah, lächelte sie breit und winkte ihn zu sich.

«Mark! Schön, dich zu sehen. Wie läuft's? Du siehst aus, als könntest du eine Tasse Kaffee und ein offenes Ohr gebrauchen», begrüßte sie ihn, während sie ihm seinen üblichen Kaffee zubereitete.

Mark setzte sich an die Theke und seufzte.

«Du hast recht, Lena. Es ist viel passiert.»

Er erzählte ihr von den Vorfällen auf der Messe, von Lindas unerwarteten Handlungen und den Gerüchten, die nun seine Beziehung zu Yanik belasteten.

Lena hörte aufmerksam zu, ihre Miene ernst, als sie Mark einen dampfenden Kaffee reichte.

«Das klingt wirklich kompliziert, Mark. Aber vielleicht ist es an der Zeit, dass du ein klärendes Gespräch mit Linda führst. Es klingt, als müsstet ihr einige Dinge bereinigen, und es wäre besser, das früher als später zu tun.»

Mark nickte, dankbar für ihre Einsicht.

«Du hast recht. Ich sollte das wirklich tun. Es ist nur… schwer. Ich möchte nicht, dass Yanik denkt, ich hätte irgendetwas zu verbergen.»

«Dann nimm Yanik doch mit, wenn du dich mit Linda triffst», schlug Lena vor. «So kann er aus erster Hand hören, was gesagt wird, und es gibt keine Missverständnisse.»

Ermutigt durch Lenas Vorschlag und ihre Unterstützung, beschloss Mark, Linda zu kontaktieren und ein Treffen zu arrangieren. Er verließ das Café mit einem neuen Gefühl der Entschlossenheit, bereit, die Dinge in Ordnung zu bringen.

Nachdem er Linda erreicht hatte, vereinbarten sie, sich am nächsten Tag in einem ruhigen Park zu treffen. Mark informierte Yanik über das geplante Gespräch, und obwohl er zögerte, stimmte Yanik zu, dabei zu sein. Er wollte die Wahrheit wissen, und er wollte sie aus erster Hand hören.

Am vereinbarten Nachmittag trafen sich Mark, Yanik und Linda in einem ruhigen, abgeschiedenen Teil eines städtischen Parks. Die kühle Brise und das Rascheln der Blätter boten eine natürliche Kulisse für das ernste Gespräch, das bevorstand. Sie setzten sich auf eine abgelegene Bank, ein wenig abseits der üblichen Spazier-wege.

Mark war fest entschlossen, Klarheit in die Angelegenheit zu bringen und ergriff zuerst das Wort.

«Linda, ich danke dir, dass du heute hier bist. Es ist wichtig, dass wir offen miteinander sprechen können, vor allem wegen der Dinge, die geschehen sind.»

Linda nickte, ihre Hände leicht zitternd, während sie sich darauf vorbereitete, ihre Gedanken zu äußern.

«Mark, Yanik, es tut mir aufrichtig leid für mein Verhalten und die Unruhe, die ich verursacht habe. Ich habe mich von meiner Enttäuschung und meinen Gefühlen leiten lassen, und das war nicht richtig.»

Sie atmete tief durch, ihre Stimme wurde fester, als sie weiter erklärte: «Ich möchte, dass ihr beide wisst, dass die Idee, Gerüchte zu streuen und euch auseinanderzubringen, nicht allein meine war. Tobias hat mich überzeugt, dass es uns beiden helfen könnte, zu bekommen, was wir wollen. Ich sehe jetzt ein, wie manipulativ das war und wie unfair es euch gegenüber war.»

«Tobias?», Mark sah Linda erstaunt an.

«Wer ist das?», fragte Yanik.

«Mein ehemaliger Arbeitskollege. Der, der mich auf der Messe angesprochen hat. Ich verstehe nicht, wieso er auf so krude Gedanken kommt. Na gut, ein wenig verstehe ich es doch. Er war ziemlich homophob, lästerte früher schon über gleichgeschlechtliche Beziehungen. Vielleicht kann er es nicht ertragen, dass ein ehemaliger Kollege von ihm jetzt einen Mann liebt.»

Mark sah Yanik direkt in die Augen.

«Du… liebst mich?», fragte dieser und

blickte hoffnungsvoll zurück.

Mark nickte.

Yaniks verwirrter Ausdruck wurde zu einem strahlenden Grinsen. Er beugte sich zu Mark hinüber und küsste ihn.

Erleichtert sah Linda, dass sie das Missverständnis aufklären konnte, und zog sich diskret zurück.

Kapitel 10

In den Tagen nach dem klärenden Gespräch im Park verspürten Mark und Yanik eine gewisse Erleichterung. Sie waren entschlossen, ihre Beziehung ohne die Schatten der Vergangenheit weiterzuführen und die neuen Möglichkeiten zu erkunden, die sich ihnen boten. Doch die Ruhe sollte nicht lange anhalten.

Eines Abends, als Mark gerade die Werkstatt abschloss, trat eine dunkle Gestalt aus dem Schatten der angrenzenden Gasse.

Es war Tobias, dessen Gesicht im schwachen Licht der Straßenlaterne hart und verzerrt erschien. Sein Blick war intensiv und voller unverhohlener Wut.

«Mark!», rief Tobias mit einer Stimme, die sowohl Verzweiflung als auch Zorn durchscheinen ließ. «Du hast dich also entschieden, mich vollständig zu ignorieren, für ihn?»

Mark, der sich umdrehte, erkannte sofort die drohende Gefahr in Tobias' Haltung.

«Tobias, was tust du hier? Wir können darüber reden, wenn du aufgebracht bist …»

«Reden?», unterbrach ihn Tobias scharf. «Ich bin über das Reden hinaus. Du hast mich verraten, Mark. Du hast uns beide verraten!»

Bevor Mark reagieren konnte, zog Tobias ein Messer aus seiner Jackentasche und machte einen Schritt auf ihn zu. Die kühle Klinge glänzte bedrohlich im Licht der Straße.

«Wenn ich dich nicht haben kann, dann soll dich auch niemand anders haben. Der einzige Mann, den du jemals lieben solltest, bin ich!»

In diesem Moment der höchsten Gefahr sprang Yanik, der unerwartet aufgetaucht war, dazwischen.

«Halt! Lass ihn in Ruhe, Tobias!» Yaniks Stimme war fest, seine Haltung entschlossen, als er sich schützend vor Mark stellte.

Tobias hielt inne, das Messer immer noch in der Hand. Der Schock und die plötzliche Unterbrechung ließen ihn zögern. Sein Atem war schwer, und in seinen Augen spiegelte sich ein Kampf zwischen Wut und Verzweiflung.

«Tobias, das ist nicht der Weg», fuhr Yanik fort, ruhig aber bestimmt. «Gewalt wird nichts lösen. Es wird nur alles schlimmer machen.»

Für einen langen, gespannten Moment standen die drei Männer dort, jeder unsicher, wie es weitergehen würde.

Schließlich senkte Tobias langsam das Messer, die Erkenntnis der Ausweglosigkeit seiner Lage dämmerte ihm. Die Polizei, die von einem besorgten Passanten gerufen worden war, traf ein und nahm Tobias in Gewahrsam, während er leise vor sich hin murmelte.

Nachdem die Polizei Tobias abgeführt hatte, standen Mark und Yanik noch immer unter dem Schock der Ereignisse. Mark, sichtlich erschüttert, aber unverletzt, wandte sich Yanik zu.

«Danke, dass du da warst. Ich weiß nicht, was passiert wäre, wenn du nicht… »

Yanik legte beruhigend eine Hand auf Marks Schulter.

«Ich bin nur froh, dass ich rechtzeitig hier war. Lass uns nach Hause gehen und versuchen, das hinter uns zu lassen.»

Mark rief von unterwegs aus bei Lena an und erzählte ihr, was passiert war.

«Es geht uns gut, Lena. Mach dir keine Sorgen. Ich wollte dich nur informieren, dass alles in Ordnung ist, bevor du irgendwelche Gerüchte hörst. Die Polizei hat Tobias mitgenommen.»

Yanik und Mark zogen sich in Yaniks Wohnung zurück. Nach dieser ganzen Aufregung brauchten sie die Nähe des jeweils anderen so sehr, dass sie ziemlich schnell im Schlafzimmer landeten. Dort verbrachten sie eine wundervolle Nacht miteinander.

Es war die erste von vielen ...

Epilog

Ein Jahr war vergangen seit den dramatischen Ereignissen, die Mark und Yanik noch enger zusammengebracht hatten. Das Paar hatte seitdem viele Höhen und Tiefen erlebt, aber jede Herausforderung hatte ihre Beziehung nur weiter gefestigt. Jetzt, Hand in Hand, schlenderten sie durch den belebten Markt von Kastellburg, genossen die warme Frühlingssonne und die fröhlichen Stimmen der Markthändler und Besucher.

Linda, die neben ihnen ging, lachte über einen Scherz, den Lena gerade gemacht hatte. Die unerwartete Freundschaft zwischen den beiden Frauen hatte viele überrascht, am meisten sie selbst. Früher hatte Linda Lena kaum wahrgenommen, doch nachdem die Stürme sich gelegt hatten, entdeckten sie eine tiefe Verbindung, die auf gemeinsamen Interessen und einer ähnlichen Lebensphilosophie basierte. Jetzt waren sie nicht nur Freunde, sondern auch Geschäftspartnerinnen, da Linda sich entschlossen hatte, ihre Erfahrungen in der PR-Branche zu nutzen, um Lenas Café zu einem Treffpunkt für Kultur und Kunst in Kastellburg zu machen.

Während sie weitergingen, tauschten Mark und Yanik Blicke aus, die mehr sagten, als Worte je könnten. Ihre Liebe zueinander war ein stetiger Anker in ihrem Leben geworden, eine Quelle der Freude und des Trostes.

«Tobias hat Kastellburg verlassen, nicht wahr?», fragte Yanik leise, während sie einen Stand mit handgemachten Keramiken passierten.

Mark nickte.

«Ja, er ist weggezogen, nachdem er aus dem Gefängnis kam. Er schrieb mir einen Brief. Er sagte, er sehe einen

Therapeuten und arbeite an sich selbst. Ich hoffe, er findet Frieden, Yanik.»

Yanik drückte Marks Hand fester.

„Ich auch. Jeder verdient eine Chance auf Heilung und Glück, egal welchen Weg sie dafür nehmen müssen."

Die beiden Männer teilten einen Moment der stillen Übereinkunft, dann richteten sie ihre Aufmerksamkeit wieder auf ihre Freunde. Linda und Lena kicherten über eine besonders farbenfrohe Vase, die Linda überlegt hatte zu kaufen.

«Schaut mal, diese Vase würde perfekt in unser Wohnzimmer passen, findet ihr nicht?», rief Linda, ihr Gesicht strahlend vor Begeisterung.

„Absolut", erwiderte Mark mit einem Lächeln, „dein Auge für Design hat sich wirklich geschärft, Linda."

Das Quartett verbrachte den Rest des Nachmittags damit, durch die Stände zu bummeln, Kunstwerke zu bewundern und Pläne für die Zukunft zu schmieden. Das Leben in Kastellburg war vielleicht nicht immer einfach, aber für Mark und Yanik war es ein wunderbares Leben.

Als die Sonne am Horizont zu sinken begann, leuchtete ihr Licht sanft über die kleine Stadt, über die Menschen, die sie ihr Zuhause nannten, und über die Pfade, die noch vor ihnen lagen. In diesem goldenen Licht, mit Hoffnung und Liebe in ihren Herzen, wussten Mark und Yanik, dass sie alles meistern würden, egal was kommen würde.

Christian und Ralph

Meeresrauschen des Herzens

Kapitel 1

Christian fuhr mit seinem alten, aber
zuverlässigen VW Golf durch die
malerische Landschaft von Meerlicht.
Die sanften Hügel und die weiten
Felder, die sich im Wind wiegten, boten
einen beruhigenden Anblick und ließen
die Aufregung in ihm langsam aufsteigen. Es war ein neuer Anfang, eine
Chance, sich in seinem Beruf als
Meeresbiologe zu beweisen und gleichzeitig das Leben in einer kleinen, ruhigen Stadt zu genießen.

«Meerlicht», murmelte er vor sich hin
und schüttelte lächelnd den Kopf.

Der Name des Städtchens klang fast zu
poetisch, um wahr zu sein. Aber genau
hier hatte er seine neue Stelle gefunden,
die perfekt zu seinen Interessen und
Fähigkeiten passte.

Er bog in eine kleine Seitenstraße ein
und fuhr weiter, bis er schließlich vor

einem charmanten, alten Haus hielt. Die Fassade war in einem warmen Gelb gestrichen, und vor dem Eingang wuchsen bunte Blumen, die das Bild perfekt abrundeten. Christian stieg aus und atmete tief die salzige Meeresluft ein. Er konnte das Rauschen der Wellen in der Ferne hören und spürte, wie die frische Brise seine Anspannung davontrug.

Mit einem zufriedenen Seufzer begann er, seine Sachen aus dem Auto zu laden. Die Wohnung, die er gemietet hatte, befand sich im obersten Stockwerk und bot einen atemberaubenden Blick auf das Meer. Christian konnte es kaum erwarten, diesen Ausblick jeden Morgen zu genießen.

Nachdem er die letzte Kiste in die Wohnung getragen hatte, setzte er sich kurz auf das Sofa und ließ den Blick über die noch leeren Räume schweifen.

«Das wird ein gutes Zuhause sein», dachte er bei sich.

Er konnte sich bereits vorstellen, wie er nach einem langen Arbeitstag hierher zurückkehren würde, um die Ruhe und die Schönheit der Natur zu genießen.

Seine Gedanken wanderten zu seinem neuen Job. Das Forschungsprojekt, das ihn hierher geführt hatte, drehte sich um den Schutz der lokalen Fischpopulation und das ökologische Gleichgewicht des Meeres. Es war eine wichtige Aufgabe, und Christian war fest entschlossen, seinen Beitrag zu leisten. Gleichzeitig war er gespannt darauf, die Menschen in Meerlicht kennenzulernen und sich in die Gemeinde zu integrieren.

Nachdem er sich ein wenig ausgeruht hatte, begann Christian, seine Sachen auszupacken und die Wohnung einzurichten. Er hängte seine Lieblingsbilder auf, stellte Bücher in das Regal und arrangierte die Möbel so, dass der Raum gemütlich und einladend wirkte.

Es fühlte sich gut an, sich ein eigenes Nest zu schaffen.

Als die Sonne langsam unterging und den Himmel in warme Gold- und Rot-töne tauchte, ging Christian auf den Balkon und lehnte sich an das Geländer. Der Blick auf das Meer war atemberaubend. Die Wellen glitzerten im Licht der untergehenden Sonne, und Möwen zogen ihre Kreise am Himmel.

«Hier beginnt ein neues Kapitel», sagte er leise zu sich selbst und lächelte. «Und ich bin bereit dafür.»

Kapitel 2

Die ersten Sonnenstrahlen tauchten das kleine Fischerdorf Meerlicht in ein zartes Morgenlicht, als Ralph König sich aus dem Bett schwang. Es war früh am Morgen, und die meisten Bewohner schliefen noch tief und fest. Doch für Ralph begann der Tag, wie so viele andere zuvor, noch vor dem Morgengrauen. Mit geübten Bewegungen zog er sich an, griff nach seiner wetterfesten Jacke und verließ das kleine Haus, das er von seinen Eltern geerbt hatte.

Draußen begrüßte ihn die frische Meeresluft, die ihn sofort wach machte. Er liebte diesen Moment des Tages, wenn die Welt noch still war und das Meer wie ein großes, ruhiges Wesen vor ihm lag. Ralph lebte seit seiner Kindheit in Meerlicht und konnte sich keinen anderen Ort vorstellen, an dem er lieber sein würde. Das Meer war sein

Zuhause und das Fischen seine Leidenschaft.

Ralph machte sich auf den Weg zum Hafen, wo sein kleines Fischerboot «Sturmmöwe» vor Anker lag. Auf dem Weg dorthin begegnete er ein paar bekannten Gesichtern. Einige Fischerfreunde waren ebenfalls unterwegs zu ihren Booten, und sie tauschten kurze, morgendliche Grüße aus. Am Hafen angekommen, bereitete Ralph sorgfältig sein Boot vor. Er überprüfte die Netze, den Motor und die Ausrüstung, bevor er das Boot langsam aus dem Hafen steuerte und Kurs auf seine bevorzugten Fanggründe nahm.

Während Ralph auf das offene Meer hinausfuhr, dachte er über die Veränderungen nach, die in letzter Zeit im Dorf im Gespräch waren. Die Ankunft eines neuen Meeresbiologen und dessen Forschungsprojekt war das Hauptthema in der Kneipe ‚Anker' gewesen. Ralph war skeptisch, ob ein Wissenschaftler wirklich verstehen konnte, was es bedeutete, vom Fischfang zu leben. Schließlich war dies eine Lebensweise, die über Generationen weitergegeben worden war.

Die Morgenstunden vergingen schnell, während Ralph konzentriert arbeitete. Er warf die Netze aus, navigierte geschickt durch die Wellen und zog später mit geübten Handgriffen die Netze wieder ein. Der Fang war gut, und Ralph war zufrieden. Er wusste, dass es Tage geben würde, an denen er mit weniger zurückkehrte, aber heute schien das Meer ihm wohlgesonnen zu sein.

Als die Sonne höher am Himmel stand und die ersten Strahlen die Wasseroberfläche in goldenes Licht tauchten, machte sich Ralph auf den Rückweg zum Hafen. Dort angekommen, wurde er von seinen Freunden und Kollegen begrüßt. Gemeinsam begannen sie, den Fang des Tages zu begutachten und die

Fische für den Verkauf vorzubereiten. Es war harte Arbeit, aber Ralph fühlte sich in dieser Gemeinschaft aus Fischern und ihren Familien geborgen.

Herr Schmidt, der älteste Fischer in Meerlicht, kam auf Ralph zu und klopfte ihm freundlich auf die Schulter.

«Guter Fang heute, Ralph. Das Meer war gnädig.»

Ralph lächelte und nickte.

«Ja, es war ein guter Morgen. Hoffentlich bleibt es so.»

«Hast du schon vom neuen Meeresbiologen gehört?», fragte Herr Schmidt.

«Er soll heute ankommen. Mal sehen, was er so vorhat.»

«Ja, ich habe davon gehört», antwortete Ralph mit einem leichten Stirnrunzeln.

«Ich bin gespannt, ob er wirklich eine Hilfe für uns ist oder nur zusätzliche Probleme bringt.»

Herr Schmidt lachte leise.

«Wir werden sehen, mein Junge. Gib ihm eine Chance. Man weiß nie, was man von neuen Leuten lernen kann.»

Ralph nickte erneut, obwohl er innerlich weiterhin skeptisch blieb. Nachdem sie den Fang des Tages sortiert und verteilt hatten, verabschiedete sich Ralph von seinen Kollegen und machte sich auf den Weg nach Hause. Die Gedanken an den neuen Meeresbiologen gingen ihm nicht aus dem Kopf.

Was würde dieser Fremde wohl bringen?

Und wie würde er in das Leben in Meerlicht passen?

Kapitel 3

Am nächsten Morgen machte sich Christian früh auf den Weg zum Meeresforschungsinstitut. Er war gespannt auf seinen ersten Arbeitstag und darauf, seine neue Kollegin Emma kennenzulernen. Das Institut lag etwas außerhalb des Dorfes auf einer kleinen Anhöhe, von der aus man einen wunderbaren Blick auf das Meer hatte. Während er die schmale, von Bäumen gesäumte Straße entlangfuhr, fühlte er eine angenehme Mischung aus Nervosität und Vorfreude.

Das Gebäude des Instituts war modern, aber harmonisch in die umliegende Natur eingebettet. Große Fenster ließen viel Licht herein und boten einen atemberaubenden Blick auf das Meer. Christian parkte seinen Wagen und nahm seine Tasche, bevor er tief durchatmete und auf den Eingang zuging. Die Tür öffnete sich automatisch und er trat in die helle, freundliche Lobby ein.

Kaum hatte er die Schwelle überschritten, kam ihm eine junge Frau entgegen, die ihn freundlich anlächelte.

«Du musst Christian sein. Willkommen in Meerlicht! Ich bin Emma.»

Christian lächelte zurück und reichte ihr die Hand.

«Ja, das bin ich. Freut mich, dich kennenzulernen, Emma. Ich habe viel über das Institut gehört und bin gespannt auf die Arbeit hier.»

«Komm, ich zeige dir dein Büro und den Rest des Instituts», sagte Emma und führte ihn durch die hellen Gänge. «Wir sind ein kleines Team, aber sehr engagiert. Jeder hier brennt für den Schutz des Meeres.»

Während sie durch die verschiedenen Abteilungen gingen, erklärte Emma ihm die Struktur des Instituts und die aktuellen Projekte. Sie zeigte ihm das Labor, in dem Proben analysiert wurden, den Konferenzraum, in dem Meetings und Präsentationen stattfanden, und schließlich sein eigenes Büro. Der Raum war hell und freundlich eingerichtet, mit einem großen Schreibtisch und Regalen voller Fachliteratur.

«Ich hoffe, es gefällt dir», sagte Emma, als sie ihm die Tür öffnete. «Du hast einen großartigen Blick auf das Meer.»

Christian trat ans Fenster und betrachtete die weite, blaue Fläche, die sich vor ihm erstreckte.

«Es ist perfekt», sagte er leise und drehte sich dann zu Emma um. «Ich freue mich wirklich, hier zu sein.»

«Gut, dann lass uns gleich anfangen», sagte Emma und klatschte in die Hände. «Wir haben viel zu tun. Heute Morgen steht ein Teammeeting an, bei dem wir die aktuellen Projekte besprechen. Danach können wir uns dein Forschungsprojekt genauer ansehen und die nächsten Schritte planen.»

Christian nickte und folgte ihr in den Konferenzraum, wo bereits einige Kollegen versammelt waren. Emma stellte ihn allen vor, und er wurde herzlich in die Runde aufgenommen. Das Meeting begann, und Christian hörte aufmerksam zu, während die verschiedenen Projektleiter ihre Fortschritte und Pläne darlegten. Es war beeindruckend zu sehen, wie viel Leidenschaft und Fachwissen hier versammelt war.

Nach dem Meeting setzte sich Christian mit Emma zusammen, um die Details seines Projekts zu besprechen.

«Unser Ziel ist es, die Fischpopulation in dieser Region zu schützen und nachhaltige Methoden zu entwickeln, die sowohl den Fischern als auch dem Ökosystem zugutekommen», erklärte Emma. «Wir müssen eng mit den örtlichen Fischern zusammenarbeiten, um ihre Bedürfnisse und Bedenken zu verstehen und sie in unsere Maßnahmen einzubeziehen.»

«Das klingt nach einer großen Herausforderung, aber auch nach einer wichtigen Aufgabe», sagte Christian nachdenklich. «Ich bin gespannt, wie die Fischer auf unsere Vorschläge reagieren werden.»

Emma nickte.

«Es wird nicht einfach sein, aber ich denke, dass wir mit Geduld und Offenheit viel erreichen können. Die Menschen hier sind stolz auf ihre Traditionen, aber sie wissen auch, dass sich etwas ändern muss, um die Zukunft zu sichern.»

Christian und Emma arbeiteten den restlichen Tag intensiv an den ersten Planungsschritten. Sie diskutierten mögliche Maßnahmen, analysierten Daten und entwickelten erste Konzepte. Die Zusammenarbeit lief reibungslos, und Christian fühlte sich zunehmend wohl in seiner neuen Rolle.

Am Ende des Tages war Christian zufrieden mit dem, was sie erreicht hatten.

«Das war ein produktiver erster Tag», sagte er, als sie ihre Unterlagen zusammenpackten.

«Absolut», stimmte Emma zu. «Ich bin sicher, dass du eine große Bereicherung für unser Team bist. Morgen geht es weiter.»

Am Abend beschloss Christian, die örtliche Kneipe ‚Anker' zu besuchen. Es war der perfekte Ort, um das Dorfleben kennenzulernen und vielleicht ein paar der Menschen zu treffen, mit denen er in den kommenden Monaten zusammenarbeiten würde. Nachdem er sich kurz frisch gemacht hatte, machte er sich auf den Weg.

Der ‚Anker' war ein gemütlicher, rustikaler Ort mit Holzbalken und alten Schiffsartefakten an den Wänden. Die Atmosphäre war lebhaft, und ein wohltuendes Durcheinander von Stimmen erfüllte den Raum. Christian betrat die Kneipe und suchte sich einen Platz an der Theke. Er bestellte ein Bier und ließ seinen Blick durch den Raum schweifen.

Neben den üblichen Dorfgesichtern fiel ihm ein Mann auf, der mit einer Gruppe von Fischern an einem Tisch saß. Seine kräftige Statur und die wettergegerbte Haut verrieten, dass er viel Zeit auf dem Meer verbrachte.

Er war in ein Gespräch vertieft und lachte gerade über einen Witz, den einer seiner Freunde gemacht hatte. Die Wärme und das Lachen in seinem Gesicht standen im Kontrast zu der Skepsis, die Christian im Dorf über seine Ankunft gespürt hatte. Mit einem tiefen Atemzug und einem inneren Mut fassend, nahm Christian sein Bier und ging auf die Gruppe zu.

«Guten Abend», sagte er höflich. «Darf ich mich zu euch setzen?»

Die Gespräche verstummten kurz, und Ralph sah Christian aufmerksam an.

«Klar, warum nicht», antwortete er schließlich, während seine Freunde neugierig beäugten. «Du bist der neue Meeresbiologe, richtig?»

«Ja, das bin ich», bestätigte Christian und setzte sich. «Ich bin Christian Winter.»

«Ralph König», stellte Ralph sich vor und reichte ihm die Hand. «Und das hier sind meine Freunde. Wir haben schon von dir gehört.»

Christian lächelte und nickte den anderen zu.

«Freut mich, euch kennenzulernen. Ich hoffe, wir können gut zusammenarbeiten. Ich habe gehört, dass ihr einiges über das Meer und die Fischerei wisst.»

Ralphs Miene verfinsterte sich leicht.

«Das tun wir», sagte er etwas scharf. «Und wir sind gespannt, was du zu bieten hast. Die letzte Sache, die wir brauchen, ist ein Fremder, der uns sagt, wie wir unseren Job machen sollen.»

Christian spürte die Anspannung in der Luft.

«Ich verstehe eure Bedenken. Mein Ziel ist es, Wege zu finden, wie wir die Fischbestände schützen können, ohne eure Arbeit zu gefährden. Ich möchte von euch lernen und mit euch zusammenarbeiten.»

Ralph lehnte sich zurück und verschränkte die Arme vor der Brust.

«Das sagen sie alle. Und am Ende leiden wir unter ihren Entscheidungen. Glaubst du wirklich, du weißt mehr über das Meer als wir, die wir unser ganzes Leben darauf verbracht haben?»

Die Frage traf Christian unerwartet hart.

«Nein, das glaube ich nicht. Aber ich denke, dass Wissenschaft und Praxis Hand in Hand gehen können. Ich bin nicht hier, um euch zu bevormunden, sondern um zu helfen.»

Ein anderer Fischer, Lars, mischte sich ein.

«Erzähl uns doch ein bisschen über dein Projekt. Was genau willst du hier machen?»

Christian nutzte die Gelegenheit, um über seine Pläne zu sprechen. Er erklärte, wie wichtig es sei, die Fischpopulationen zu schützen und nachhaltige Fischereimethoden zu entwickeln, um die Zukunft der Gemeinde zu sichern. Er betonte, dass er eng mit den Fischern zusammenarbeiten wolle, um sicherzustellen, dass ihre Bedürfnisse und Bedenken berücksichtigt würden.

Ralph schien jedoch nicht überzeugt.

«Klingt ja alles schön und gut», sagte er schließlich. «Aber wie stellst du dir das konkret vor? Reden ist eine Sache, aber was bedeutet das in der Praxis?»

Christian nahm einen Schluck von seinem Bier und überlegte kurz.

«Nun, das Erste, was ich tun möchte, ist, mehr über eure tägliche Arbeit zu erfahren. Ich würde gerne mit aufs Meer hinausfahren und sehen, wie ihr arbeitet. Nur so kann ich wirklich verstehen, was ihr braucht und wie wir zusammenarbeiten können.»

Ralph musterte ihn einen Moment lang, bevor er nickte. «Das ist ein guter Ansatz. Aber ich warne dich, wir haben hier schon viele Leute gesehen, die meinten, sie wüssten alles besser. Du wirst dir unseren Respekt verdienen müssen.»

«Das verstehe ich», antwortete Christian ruhig. «Und ich bin bereit, mir euren Respekt zu verdienen.»

Die Gespräche wurden zunehmend lockerer, und die anfängliche Spannung löste sich etwas auf, obwohl sie nie ganz verschwand. Christian erfuhr mehr über das Leben in Meerlicht, die Herausforderungen der Fischerei und die tiefen Verbindungen, die die Bewohner zum Meer hatten. Die Männer am Tisch erzählten ihm

Geschichten über stürmische Nächte und friedliche Morgen auf dem Wasser, über alte Traditionen und neue Ideen.

Der Abend verging schnell, und als Christian schließlich aufstand, um sich zu verabschieden, hatte er das Gefühl, einen wichtigen Schritt gemacht zu haben. Er hatte Ralph und seine Freunde ein wenig besser kennengelernt und einen ersten Einblick in das Dorfleben bekommen.

«Danke für den netten Abend», sagte er, als er sich von der Gruppe verabschiedete. «Ich freue mich auf unsere Zusammenarbeit.»

«Wir auch», antwortete Ralph, wobei ein Hauch von Skepsis in seiner Stimme mitschwang. «Morgen früh fahren wir raus. Wenn du dabei sein willst, sei um fünf am Hafen.»

Christian lächelte.

«Das werde ich. Bis morgen dann.»

Kapitel 4

Der Morgen dämmerte noch in einem blassen Grau, als Christian um kurz vor fünf am Hafen ankam. Eine kühle Brise wehte vom Meer herüber und brachte den Geruch von Salz und Algen mit sich. Christian zog seine Jacke enger um sich und suchte nach Ralphs Boot, der ‚Sturmmöwe'. Die Fischer waren bereits geschäftig dabei, ihre Boote vorzubereiten, und ein Summen von Stimmen und Motoren erfüllte die Luft.

Ralph bemerkte Christian, noch bevor dieser ihn ansprechen konnte.

«Guten Morgen», sagte Ralph knapp und deutete auf einen Stapel Kisten. «Wir legen gleich ab. Pack mit an.»

Christian nickte und half, die Ausrüstung auf das Boot zu laden. Es war eine ungewohnte, aber nicht unangenehme Arbeit. Während er die schweren Netze und Kisten bewegte, spürte er Ralphs prüfenden Blick auf sich. Es war klar, dass der Fischer ihn genau beobachtete, um zu sehen, wie ernst er es meinte.

Endlich war alles verstaut, und die ‚Sturmmöwe' glitt langsam aus dem Hafen hinaus aufs offene Meer. Die ersten Sonnenstrahlen brachen durch die Wolken und warfen ein goldenes Licht auf die Wasseroberfläche. Christian konnte nicht anders, als die Schönheit des Moments zu bewundern.

«Genieß den Ausblick, solange du kannst», sagte Ralph neben ihm. «Es wird ein harter Tag.»

Christian nickte.

«Ich freue mich darauf, von euch zu lernen.»

«Na, wir werden sehen», brummte Ralph und wandte sich wieder den Kontrollen zu.

Die Stunden vergingen, während Ralph und die anderen Fischer ihre Netze auswarfen, überprüften und wieder einholten. Christian beobachtete aufmerksam, stellte Fragen und half, wo er konnte. Es war harte, körperliche Arbeit, aber auch faszinierend. Er begann zu verstehen, wie viel Wissen und Geschicklichkeit in dieser Tätigkeit steckte.

Ralph ließ keine Gelegenheit aus, Christian zu testen.

«Weißt du, warum wir heute hier fischen?», fragte er einmal herausfordernd.

Christian dachte kurz nach.

«Ich vermute, weil die Strömungen hier besonders nährstoffreich sind und viele Fische anziehen.»

Ralph nickte langsam.

«Nicht schlecht. Aber es gibt noch mehr zu wissen. Du musst die Laichzeiten, die Wetterbedingungen und das Verhalten der Fische kennen.»

«Und das lerne ich von euch», entgegnete Christian ruhig.

Ein leichtes Lächeln spielte um Ralphs Lippen.

«Vielleicht.»

Trotz der angespannten Atmosphäre spürte Christian eine seltsame Anziehungskraft zwischen ihnen. Ralphs schroffe Art hatte etwas Faszinierendes, und er konnte nicht anders, als den Fischer immer wieder verstohlen zu beobachten. Ralphs kräftige Hände, die mit sicherer Präzision arbeiteten, seine intensive Konzentration und die Art, wie er sich durch nichts aus der Ruhe bringen ließ – all das zog Christian unwillkürlich an.

Als der Fang des Tages schließlich an Bord war und sie den Rückweg antraten, hatte Christian ein besseres Verständnis für die Herausforderungen, denen die Fischer täglich gegenüberstanden. Er fühlte sich erschöpft, aber auch zufrieden. Ralph schien ihn ebenfalls ein wenig anders zu betrachten, wenn auch weiterhin kritisch.

«Du hast dich ganz gut geschlagen für deinen ersten Tag», sagte Ralph, als sie wieder im Hafen anlegten. «Aber das war nur der Anfang.»

Christian lächelte müde.

«Ich bin bereit für mehr.»

Ralph nickte und sah ihn einen Moment lang an, als wollte er etwas sagen, entschied sich dann aber anders.

«Morgen um die gleiche Zeit», sagte er nur und wandte sich ab, um das Boot zu entladen.

Während Christian half, den Fang an Land zu bringen, konnte er das Gefühl nicht abschütteln, dass zwischen ihnen etwas Unausgesprochenes, aber Starkes war. Die Differenzen und Spannungen waren deutlich, aber ebenso spürbar war die Anziehungskraft, die sie beide zu spüren schienen, auch wenn keiner von ihnen es offen zugab.

Nach einem anstrengenden Morgen auf dem Meer kehrten die Fischer mit ihren Fängen zurück in den Hafen. Christian war erschöpft, aber er fühlte sich auch erfüllt von der Erfahrung, die er gemacht hatte. Er half dabei, den Fang zu sortieren und die Ausrüstung zu reinigen, während Ralph und die anderen Fischer sich unterhielten.

Nachdem die Arbeit im Hafen erledigt war, lud Ralph Christian ein, sich mit den anderen Fischern im ‚Anker' zu treffen, um die Vorschläge für nachhaltige Fischereimethoden zu besprechen. Christian spürte eine Mischung aus Nervosität und Entschlossenheit, als er die Einladung annahm. Er wusste, dass dies eine wichtige Gelegenheit war, das Vertrauen der Fischer zu gewinnen.

Im ‚Anker' fanden sie einen Tisch, an dem sich bereits mehrere Fischer versammelt hatten. Es war ein vertrautes Bild: rauchige Luft, gedämpftes Licht und das Klirren von Gläsern, das die Gespräche begleitete. Ralph nahm einen tiefen Schluck von seinem Bier, bevor er das Wort ergriff.

«Christian hier hat einige Ideen, wie wir nachhaltiger fischen können», begann er und schaute Christian direkt an. «Ich dachte, es wäre gut, wenn wir alle mal darüber reden.»

Christian nickte dankbar und holte tief Luft, bevor er zu sprechen begann.

«Danke, Ralph. Also, das Ziel ist es, die Fischbestände zu schützen und gleichzeitig sicherzustellen, dass ihr weiterhin erfolgreich fischen könnt. Ein Ansatz wäre, während der Laichzeiten bestimmte Gebiete zu schützen und in anderen Bereichen gezielt zu fischen. Wir könnten auch größere Maschenweiten bei den Netzen verwenden, um junge Fische zu schonen.»

Sofort regte sich Unmut in der Runde.

«Größere Maschen? Das klingt nach weniger Fang für uns», warf Lars ein, und einige andere Fischer nickten zustimmend.

«Ich verstehe eure Bedenken», sagte Christian ruhig. «Aber auf lange Sicht können wir so sicherstellen, dass die Fischbestände nicht erschöpft werden. Das bedeutet nachhaltigeres Fischen und langfristig stabile Erträge.»

Ralph lehnte sich zurück und verschränkte die Arme vor der Brust.

«Klingt gut in der Theorie. Aber wie willst du das umsetzen? Und was passiert, wenn wir wegen der neuen Regeln weniger verdienen?»

Christian sah Ralph direkt an.

«Wir müssen Wege finden, diese Veränderungen schrittweise einzuführen und dabei eure Erfahrungen und Vorschläge einzubeziehen. Es geht nicht darum, euch etwas aufzuzwingen, sondern gemeinsam Lösungen zu entwickeln.»

Eine hitzige Diskussion entbrannte. Einige Fischer zeigten sich offen für die Ideen, andere waren vehement dagegen. Die Sorgen und Ängste waren verständlich – für viele bedeutete die Fischerei nicht nur Arbeit, sondern auch Tradition und Identität. Ralph blieb besonders kritisch und stellte Christians Ansätze immer wieder in Frage, was die Spannung zwischen ihnen verstärkte.

«Wir haben schon genug Probleme mit Vorschriften und Bürokratie», sagte ein älterer Fischer namens Klaus. «Und jetzt sollen wir noch mehr Einschränkungen hinnehmen?»

Christian hielt inne und suchte nach den richtigen Worten.

«Ich weiß, dass Veränderungen schwer sind. Aber ich glaube, dass wir gemeinsam einen Weg finden können, der sowohl das Meer als auch eure Lebensgrundlage schützt. Ich bin bereit, hart zu arbeiten und von euch zu lernen, um das zu erreichen.»

Ralphs kritischer Blick ließ Christian spüren, dass er noch einen langen Weg vor sich hatte, um wirklich akzeptiert zu werden.

«Wir werden sehen», sagte Ralph schließlich. «Aber du musst verstehen, dass wir das nicht einfach so hinnehmen werden. Du musst uns beweisen, dass das, was du vorschlägst, auch wirklich funktioniert.»

«Das werde ich», antwortete Christian entschlossen. «Ich bin hier, um mit euch zu arbeiten, nicht gegen euch.»

Die Diskussion zog sich noch eine Weile hin, und als sie schließlich endete, hatte Christian das Gefühl, dass zumindest ein erster Schritt getan war. Einige Fischer zeigten sich offener, während andere weiterhin skeptisch blieben. Ralph gehörte eindeutig zu den Skeptikern, und Christian wusste, dass er sich weiterhin beweisen musste.

Als die Gruppe sich auflöste und die Fischer nach und nach die Kneipe verließen, blieb Christian noch einen Moment sitzen und ließ die Gespräche Revue passieren. Es war ein schwieriger, aber notwendiger Schritt gewesen, und er war bereit, die nächsten Herausforderungen anzugehen.

Ralph verabschiedete sich knapp und verschwand mit den anderen in die Nacht. Christian beobachtete ihn, und trotz des Konflikts spürte er wieder diese unerklärliche Anziehung. Ralph war ein harter Kerl, aber auch faszinierend. Christian konnte nicht anders, als sich zu fragen, was unter dieser rauen Schale verborgen lag.

Mit diesen Gedanken machte er sich auf den Weg zurück ins Institut, entschlossen, einen Weg zu finden, die Fischer von der Notwendigkeit der Veränderungen zu überzeugen – und vielleicht auch, Ralphs Vertrauen zu gewinnen.

Kapitel 5

Christian kehrte ins Meeresforschungsinstitut zurück, die Diskussionen des
Tages immer noch in seinen Gedanken.
Die Begeisterung des Morgens war
einer ernüchternden Erkenntnis
gewichen: Es würde nicht einfach sein,
die Fischer von den notwendigen
Änderungen zu überzeugen. Die Skepsis und der Widerstand, besonders von
Ralph, hatten ihn härter getroffen, als er
erwartet hatte.

Im Institut angekommen, fand er
Emma in ihrem Büro, vertieft in einige
Daten. Sie sah auf, als er eintrat, und
bemerkte sofort den besorgten Ausdruck auf seinem Gesicht.

«Wie war dein Tag?», fragte sie mitfüh-
lend.

Christian ließ sich schwer in einen Stuhl
sinken und seufzte tief.

«Es war hart. Ich habe heute einen ersten Einblick in die Arbeit der Fischer bekommen und versucht, ihnen unsere Vorschläge für nachhaltigere Methoden zu erklären. Aber es gab viel Widerstand, vor allem von Ralph.»

Emma nickte verständnisvoll.

«Das habe ich mir gedacht. Die Fischer hier sind stolz und misstrauisch gegenüber Veränderungen, besonders wenn sie von außen kommen.»

«Ich weiß», antwortete Christian. «Aber ich habe das Gefühl, dass ich nicht wirklich durchdringe. Sie sehen mich als Eindringling, jemanden, der ihre Lebensweise bedroht.»

«Das ist normal», sagte Emma beruhigend. «Sie haben Angst vor dem Unbekannten und davor, dass sie ihre Existenzgrundlage verlieren könnten. Es wird Zeit brauchen, ihr Vertrauen zu gewinnen.»

Christian fuhr sich frustriert mit der Hand durch die Haare.

«Ich weiß, dass Veränderungen Zeit brauchen, aber ich kann nicht anders, als an meiner Fähigkeit zu zweifeln. Was, wenn ich es nicht schaffe, sie zu überzeugen?»

Emma lächelte aufmunternd.

«Gib nicht so schnell auf, Christian. Du hast heute einen wichtigen ersten Schritt gemacht. Sie wissen jetzt, dass du bereit bist, mit ihnen zu arbeiten und nicht gegen sie. Das ist ein Anfang. Vielleicht solltest du dich auf kleine, schrittweise Veränderungen konzentrieren, anstatt sie mit großen Plänen zu überwältigen.»

«Du hast recht», gab Christian zu. «Ich muss geduldiger sein und ihnen zeigen, dass ich ihre Sorgen ernst nehme.»

Emma lehnte sich zurück und dachte einen Moment nach.

«Vielleicht könntest du auch versuchen, mehr über die persönlichen Geschichten der Fischer zu erfahren. Sie sehen dich im Moment nur als Wissenschaftler, aber wenn sie dich als Person kennenlernen, könnte das helfen, Barrieren abzubauen.»

Christian nickte.

«Das ist eine gute Idee. Ich werde versuchen, mehr über ihre individuellen Herausforderungen und Erlebnisse zu erfahren.»

Emma stand auf und klopfte ihm ermutigend auf die Schulter.

«Du machst das schon. Es ist normal, anfangs auf Widerstand zu stoßen. Aber mit Geduld und Einfühlungsvermögen kannst du viel erreichen.»

Christian fühlte sich etwas besser, aber die Zweifel nagten immer noch an ihm. Er wusste, dass der Weg vor ihm lang und steinig sein würde, aber er war fest entschlossen, ihn zu gehen. Er bedankte sich bei Emma und machte sich auf den Weg zu seiner Wohnung. Die frische Abendluft half ihm, seine Gedanken zu ordnen.

Am nächsten Morgen wachte er mit neuer Entschlossenheit auf. Er würde nicht aufgeben. Schritt für Schritt würde er das Vertrauen der Fischer gewinnen und zeigen, dass seine Vorschläge nicht nur das Meer, sondern auch ihre Zukunft sichern könnten.

Aber heute Abend, beschloss er, sich eine kleine Auszeit zu gönnen und noch einmal in den ‚Anker' zu gehen. Vielleicht konnte er dort auf ungezwungenere Weise ein Gespräch mit Ralph führen.

Als er später am Abend die Kneipe betrat, war es bereits voll und lebhaft. Er bestellte ein Bier und sah sich nach einem Platz um. Zufällig bemerkte er Ralph, der allein an einem Tisch saß, in Gedanken versunken und einen leeren Blick auf sein Glas gerichtet.

Christian zögerte einen Moment, bevor er sich entschloss, auf Ralph zuzugehen.

«Ist dieser Platz frei?», fragte er vorsichtig.

Ralph sah auf und nickte.

«Setz dich», murmelte er.

Die beiden Männer saßen eine Weile schweigend da, bevor Christian das Wort ergriff.

«Ich wollte mich für gestern bedanken. Es war eine wichtige Erfahrung für mich, mit euch aufs Meer hinauszufahren.»

Ralph nickte, sagte aber nichts. Die Stille zwischen ihnen war gespannt, aber nicht unangenehm. Christian spürte die unausgesprochene Verbindung, die zwischen ihnen lag, trotz aller Differenzen.

«Es tut mir leid, wenn ich euch überfordert habe», fuhr Christian fort. «Ich verstehe, dass es schwer ist, jemandem zu vertrauen, der neu ist und Veränderungen bringen will.»

Ralph nahm einen Schluck von seinem Bier und sah Christian dann direkt an.

«Du hast gute Absichten, das sehe ich. Aber es wird Zeit brauchen, das Vertrauen der Männer zu gewinnen. Wir haben viel durchgemacht, und wir haben Angst, was diese Veränderungen bedeuten könnten.»

Christian nickte.

«Das verstehe ich. Und ich bin bereit, mir diese Zeit zu nehmen und von euch zu lernen. Vielleicht können wir morgen wieder rausfahren und du zeigst mir mehr von eurer Arbeit?»

Ein schwaches Lächeln erschien auf Ralphs Gesicht.

«Vielleicht. Lass uns einfach sehen, wie es läuft.»

Die beiden Männer unterhielten sich noch eine Weile, und obwohl der Konflikt zwischen ihnen spürbar blieb, fühlte Christian, dass sie einen kleinen Schritt in Richtung Verständnis gemacht hatten. Und auch wenn die Anziehungskraft zwischen ihnen unausgesprochen blieb, war sie dennoch da – ein zarter Funke, der vielleicht eines Tages zu etwas Größerem heranwachsen könnte.

Der Abend war kühl und klar, als Christian die Kneipe ‚Anker' verließ. Die Sterne funkelten über dem Meer, und die Geräusche des Hafens klangen in der Ferne. Christian atmete tief die frische, salzige Luft ein und spürte, wie die Sorgen des Tages langsam von ihm abfielen. Er fühlte sich zuversichtlicher und entschlossener als je zuvor, seine Aufgabe in Meerlicht zu meistern.

Auf dem Weg zurück zu seiner Wohnung fiel ihm ein kleines Café auf, das noch geöffnet war. Es sah gemütlich aus, mit warmem Licht, das durch die Fenster drang, und einladenden Stühlen vor der Tür. Christian beschloss, kurz einzutreten und einen Kaffee zu trinken, um den Abend entspannt ausklingen zu lassen.

Als er das Café betrat, bemerkte er, dass es fast leer war. Nur ein paar

Tische waren besetzt, und die Atmosphäre war ruhig und friedlich. Er bestellte einen Kaffee und setzte sich an einen Tisch in der Ecke, von dem aus er den Blick auf die Straße und das Meer genießen konnte.

Kurz darauf öffnete sich die Tür, und zu seiner Überraschung trat Ralph ein. Der Fischer sah sich kurz um, bevor er Christian bemerkte. Ein Ausdruck des Erkennens huschte über sein Gesicht, und er ging auf Christian zu.

«Na, wir scheinen uns heute ständig über den Weg zu laufen», sagte Ralph mit einem leichten Lächeln.

Christian lächelte zurück.

«Es scheint so. Willst du dich setzen?»

Ralph zögerte einen Moment, dann nickte er und nahm Platz.

«Warum nicht. Ein Kaffee klingt jetzt gut.»

Die Bedienung brachte Ralph einen Kaffee, und die beiden Männer saßen eine Weile schweigend da, nippten an ihren Tassen und genossen die friedliche Atmosphäre des Cafés. Es war eine angenehme Stille, in der beide ihre Gedanken ordnen konnten.

Nach einer Weile brach Ralph das Schweigen.

«Ich habe über unser Gespräch nachgedacht. Es ist schwer für uns Fischer, Veränderungen zu akzeptieren, besonders wenn wir nicht wissen, wie sie sich auf unser Leben auswirken werden.»

Christian nickte verständnisvoll.

«Das kann ich nachvollziehen. Veränderungen sind immer mit Unsicherheiten verbunden. Aber ich bin hier, um sicherzustellen, dass wir Lösungen finden, die für alle funktionieren. Ich möchte, dass ihr genauso von diesen Veränderungen profitiert wie das Meer.»

Ralph sah ihn ernst an.

«Du musst verstehen, dass für uns das Meer mehr ist als nur ein Arbeitsplatz. Es ist unser Leben, unsere Tradition.

Wir haben gelernt, damit zu leben und es zu respektieren. Es ist schwer, jemanden von außen hereinzulassen, der uns sagt, was wir anders machen sollen.»

«Das verstehe ich», sagte Christian leise. «Und ich möchte nicht, dass ihr das Gefühl habt, dass ich euch etwas wegnehmen will. Im Gegenteil, ich möchte euch helfen, dass ihr eure Traditionen und euer Leben am Meer bewahren könnt – aber auf eine Weise, die auch für zukünftige Generationen nachhaltig ist.»

Ralph nahm einen tiefen Schluck von seinem Kaffee und sah nachdenklich aus dem Fenster.

«Es wird nicht einfach sein, die anderen zu überzeugen. Aber ich werde es versuchen. Du hast heute gezeigt, dass du bereit bist, zuzuhören und von uns zu lernen. Das ist mehr, als die meisten anderen jemals getan haben.»

Christian spürte einen Funken Hoffnung.

«Danke, Ralph. Das bedeutet mir viel. Ich weiß, dass es ein langer Weg wird, aber ich bin bereit, ihn zu gehen.»

Ralphs Blick kehrte zu Christian zurück, und für einen Moment war die Spannung zwischen ihnen fast greifbar. Es war nicht nur die Spannung eines Konflikts, sondern auch eine unausgesprochene Anziehung, die sie beide spürten. Ralphs Augen funkelten im gedämpften Licht des Cafés, und Christian konnte nicht anders, als sich von dieser Intensität angezogen zu fühlen.

«Lass uns sehen, wie es weitergeht», sagte Ralph schließlich. «Vielleicht können wir tatsächlich etwas verändern – zusammen.»

Christian lächelte und hob seine Kaffeetasse.

«Auf die Zusammenarbeit.»

Ralph hob ebenfalls seine Tasse, und sie stießen an.

«Auf die Zusammenarbeit.»

Die Unterhaltung wurde lockerer, und sie begannen, sich über weniger ernste Themen zu unterhalten. Ralph erzählte Christian von seiner Familie, von seiner Kindheit in Meerlicht und von seinen Erlebnissen auf dem Meer.

«Weißt du», begann Ralph nach einem langen Schluck Kaffee, «ich bin in Meerlicht geboren und aufgewachsen. Meine Familie lebt hier seit Generationen. Mein Großvater war Fischer, mein Vater auch, und ich folge in ihren Fußstapfen. Das Meer ist in unserer Familie tief verwurzelt.»

Christian nickte und lehnte sich interessiert vor. «Erzähl mir mehr über deine Familie. Hast du Geschwister?»

Ralph lächelte und nickte.

«Ja, ich habe zwei ältere Brüder. Peter und Markus. Peter hat sich entschieden, nach Hamburg zu ziehen und in der Hafenlogistik zu arbeiten. Markus hingegen ist in der Stadt geblieben und betreibt eine kleine Werkstatt. Er ist der Handwerker in der Familie. Ich war immer derjenige, der dem Meer am nächsten war.»

«Und deine Eltern?», fragte Christian, fasziniert von Ralphs Geschichten.

«Mein Vater, Johann, war ein harter, aber gerechter Mann», antwortete Ralph. «Er hat mir alles beigebracht, was ich über das Fischen weiß. Er war stolz darauf, ein Fischer zu sein, und hat diese Leidenschaft an uns weitergegeben. Meine Mutter, Helga, war eine liebevolle Frau, die sich immer um die Familie gekümmert hat. Sie hat uns mit ihrer Wärme und Stärke zusammengehalten.»

Ralphs Gesicht veränderte sich, als er weiter sprach. «Ich erinnere mich noch gut an die Sommer, als ich ein Kind war. Wir sind oft mit dem Boot meines Vaters hinausgefahren. Er hat uns beigebracht, wie man die Netze auswirft und die Fische einfängt. Aber es waren nicht nur die praktischen Fähigkeiten. Er hat uns auch beigebracht, das Meer zu respektieren und zu verstehen.»

Christian konnte sich das gut vorstellen.

«Es klingt, als ob du eine wunderbare Kindheit hattest.»

Ralph nickte und ein Lächeln huschte über sein Gesicht.

«Ja, hatte ich tatsächlich. Es gab diesen einen Sommer, als ich etwa zehn Jahre alt war. Mein Vater nahm mich und meine Brüder mit auf eine längere Fangreise. Wir blieben mehrere Tage auf dem Meer, schliefen unter den Sternen und erzählten uns Geschichten. Es war magisch. Ich erinnere mich, wie ich in der Nacht aufwachte und die Sterne über mir sah. Das Meer war so ruhig, und das Boot schaukelte sanft in den Wellen. Es war, als ob die Welt nur aus uns und dem endlosen Ozean bestand.»

Christian konnte die Ehrfurcht in Ralphs Stimme hören und spürte, wie tief diese Erinnerungen in ihm verwurzelt waren.

«Das klingt wirklich unglaublich.»

«Ja, das war es», sagte Ralph leise. «Aber es gab auch schwere Zeiten. Stürme, in denen wir um unser Leben kämpfen mussten. Nächte, in denen der Fang schlecht war und wir uns Sorgen machten, wie wir über die Runden kommen würden. Mein Vater war immer stark, immer ruhig. Er hat uns gezeigt, wie man in den härtesten Zeiten durchhält.»

Christian sah Ralph mit neuem Respekt an. «Dein Vater klingt wie ein beeindruckender Mann.»

«Das war er», sagte Ralph stolz. «Er ist vor fünf Jahren gestorben. Ein Herzinfarkt. Das war hart für uns alle, aber besonders für mich. Ich hatte das Gefühl, dass ich die Verantwortung übernehmen und sein Erbe weiterführen musste. Es war nicht einfach, aber ich wusste, dass ich es tun musste.»

Christian fühlte sich tief berührt von Ralphs Offenheit.

«Es ist klar, dass du das Meer und die Traditionen deiner Familie sehr liebst.» Ralph nickte.

«Ja, das tue ich. Und deshalb ist es so schwer, Veränderungen zu akzeptieren. Das Meer ist nicht nur unser Lebensunterhalt, es ist unser Zuhause, unser Leben.»

Christian legte seine Hand beruhigend auf Ralphs Arm.

«Ich verstehe das jetzt besser. Und ich möchte dir und den anderen helfen, dieses Zuhause zu bewahren und gleichzeitig sicherzustellen, dass es für die Zukunft geschützt ist.»

Ralph sah Christian an, und in diesem Moment spürte Christian, dass ein Teil der Barriere zwischen ihnen gefallen war.

«Ich hoffe, dass wir das gemeinsam schaffen können», sagte Ralph leise.

«Das werden wir», antwortete Christian fest. «Schritt für Schritt.»

Kapitel 6

Christian kam am frühen Nachmittag im Hafen an, wo ein Treffen mit Markus, Ralphs Bruder, und Emma stattfinden sollte. Das Projekt zur Renovierung des Hafens war ein gemeinsames Vorhaben, das sowohl die Infrastruktur verbessern als auch das Bewusstsein für Nachhaltigkeit schärfen sollte. Als Christian aus seinem Auto stieg, sah er Emma, die bereits auf Markus wartete.

«Hey, Emma», rief Christian und ging auf sie zu. «Bist du schon lange hier?»

Emma lächelte und schüttelte den Kopf. «Nein, gerade erst angekommen. Ich freue mich auf das Treffen. Es wird gut sein, Markus besser kennenzulernen und zu sehen, wie er uns bei der Hafenrenovierung helfen kann.»

Kurz darauf fuhr ein alter, aber gepflegter Transporter vor, und Markus stieg aus. Er war ein kräftiger Mann mit freundlichen Augen, die sofort einen warmen Eindruck hinterließen.

«Hallo zusammen», sagte er, als er auf sie zuging.

«Hallo Markus», begrüßte Christian ihn. «Schön, dich zu sehen.»

«Ebenso», erwiderte Markus mit einem festen Händedruck. Er wandte sich Emma zu. «Hallo Emma. Es ist eine Weile her.»

Emma lächelte und erwiderte den Händedruck.

Die drei machten sich auf den Weg zu einem alten Lagerhaus am Hafen, das als Treffpunkt diente. Drinnen breiteten sie die Pläne aus und begannen, die Details des Renovierungsprojekts zu besprechen. Markus brachte viele praktische Ideen ein und zeigte großes Interesse an den umweltfreundlichen Aspekten der Renovierung.

«Wir könnten Solarzellen auf den Dächern der Gebäude installieren», schlug Markus vor. «Das würde nicht nur Energie sparen, sondern auch ein Zeichen setzen.»

«Das ist eine großartige Idee», sagte Emma begeistert. «Das würde perfekt zu unserem Konzept passen.»

Während sie weiter diskutierten, bemerkte Markus die entspannte Art, wie Ralph und Christian miteinander umgingen. Er hatte seinen Bruder selten so offen und zugänglich erlebt. Ein Lächeln huschte über sein Gesicht, als er Christian ansprach.

«Du scheinst einen guten Einfluss auf Ralph zu haben. Er ist normalerweise nicht so schnell bereit, sich auf neue Ideen einzulassen.»

Christian fühlte, wie er leicht rot wurde.

«Danke, Markus. Ich denke, es braucht einfach Zeit und Verständnis. Ralph ist ein großartiger Mensch, und ich lerne viel von ihm.»

Markus sah Christian durchdringend an, dann lächelte er wieder.

«Das habe ich gemerkt. Ihr beide seid ein interessantes Team.»

Die Bemerkung ließ Christian nachdenklich zurück, während sie weiterarbeiteten. Markus schien die Anziehung zwischen ihm und Ralph bemerkt zu haben, und es machte Christian bewusst, wie offensichtlich ihre wachsende Verbindung für andere war.

Nach einigen Stunden intensiver Planung und Diskussion beschlossen sie, eine Pause einzulegen. Emma und Markus gingen nach draußen, um frische Luft zu schnappen, während Christian die Unterlagen zusammenräumte. Als er hinaustrat, sah er Markus und Emma in ein tiefes Gespräch vertieft.

«Es ist erstaunlich, wie viel man erreichen kann, wenn man zusammenarbeitet», sagte Markus gerade. «Ich freue mich wirklich auf dieses Projekt.»

Emma lächelte strahlend.

«Ich auch. Und es ist schön, jemanden zu treffen, der genauso leidenschaftlich an der Sache interessiert ist wie wir.»

Markus' Blick wurde weich, und er schien einen Moment nachzudenken.

«Weißt du, Emma, ich habe das Gefühl, dass dies nicht nur ein Projekt ist. Es könnte der Anfang von etwas viel Größerem sein.»

Emma errötete leicht und erwiderte den Blick.

«Ich hoffe es.»

Christian beobachtete die Szene mit einem Lächeln. Es war offensichtlich, dass sich zwischen Markus und Emma etwas entwickelte, und er freute sich, dass sie sich so gut verstanden. Die Möglichkeit neuer Beziehungen und Freundschaften war eine positive Entwicklung inmitten der Herausforderungen, vor denen sie alle standen.

Als sie sich schließlich verabschiedeten, verabredeten sie sich für ein weiteres

Treffen, um die nächsten Schritte zu besprechen. Markus umarmte seinen Bruder Ralph kurz und flüsterte ihm etwas ins Ohr, bevor er sich auf den Weg machte. Ralph lachte und schlug ihm freundschaftlich auf die Schulter.

Christian und Ralph blieben zurück und sahen dem Transporter nach.

«Markus ist ein guter Kerl», sagte Ralph schließlich. «Er hat einen scharfen Verstand und ein großes Herz. Und es scheint, als würde er sich gut mit Emma verstehen.»

«Ja, das tut er», antwortete Christian nachdenklich. «Es ist schön, zu sehen, wie sich Beziehungen entwickeln und wie wir alle zusammenarbeiten können.»

Ralph nickte und sah Christian an.

«Wir sind alle auf unsere Weise miteinander verbunden. Und ich bin froh, dass du hier bist, Christian. Du machst einen Unterschied.»

Christian spürte eine warme Welle der Zufriedenheit und der Hoffnung.

«Danke, Ralph. Das bedeutet mir viel.»

Die beiden Männer standen noch eine Weile schweigend da und genossen die Ruhe. Es war ein Moment des Friedens und der Zuversicht, dass sie gemeinsam alles erreichen konnten.

Kapitel 7

Nach dem erfolgreichen Treffen mit Markus und Emma spürte Christian, dass sich langsam eine positive Dynamik entwickelte. Es schien, als ob die Menschen in Meerlicht sich mehr öffneten, und auch die Beziehung zu Ralph wurde weniger angespannt. An diesem Abend beschloss Ralph, Christian in sein Haus einzuladen.

«Es liegt etwas abseits, aber es ist wunderschön dort», sagte Ralph, als sie im Auto saßen und die Küstenstraße entlangfuhren. Der Himmel war in tiefes Blau getaucht, und die Sterne begannen zu leuchten. «Meine Familie hat es seit Generationen. Wir haben viele Sommer dort verbracht. Meine Eltern haben es mir hinterlassen.»

Christian war gespannt.

«Es klingt großartig. Danke, dass du mich mitnimmst.»

Nach einer kurzen Fahrt erreichten sie das Haus, das auf einer kleinen Klippe über dem Meer thronte. Es war ein gemütliches, rustikales Gebäude mit einer großen Veranda, von der aus man einen atemberaubenden Blick auf das Meer hatte. Ralph parkte das Auto, und sie stiegen aus.

«Hier sind wir», sagte Ralph und lächelte leicht, als er das Haus betrachtete. «Willkommen in meinem Zuhause.»

Christian sah sich um und spürte sofort die besondere Atmosphäre dieses Ortes. Die salzige Meeresluft und das Rauschen der Wellen gaben ihm ein Gefühl von Ruhe und Frieden.

«Es ist wunderschön hier, Ralph.»

Ralph führte Christian ins Haus, das innen genauso gemütlich war wie außen. Alte Familienfotos schmückten die Wände, und überall standen Erinnerungsstücke, die Geschichten von vergangenen Zeiten erzählten. Sie setzten sich auf die Veranda, wo Ralph eine Flasche Wein und zwei Gläser hervorholte.

«Ich dachte, wir könnten hier ein bisschen entspannen», sagte Ralph und schenkte den Wein ein. «Es ist ein guter Ort zum Nachdenken.»

Christian nahm das Glas und lächelte. «Das klingt perfekt.»

Sie saßen eine Weile schweigend da, genossen den Blick auf das Meer und das angenehme Gefühl des Zusammenseins. Dann begann Ralph zu sprechen, seine Stimme war ruhig und nachdenklich.

«Weißt du, Christian, ich habe viel nachgedacht über die Dinge, die du gesagt hast. Über Nachhaltigkeit und die Zukunft.»

Christian sah ihn an, überrascht von Ralphs plötzlicher Offenheit.

«Und? Was denkst du?»

Ralph nahm einen Schluck Wein und sah hinaus aufs Meer.

«Ich denke, dass du Recht hast. Wir müssen etwas ändern, wenn wir das Meer und unseren Lebensunterhalt schützen wollen. Aber es ist schwer, sich auf neue Ideen einzulassen, wenn man so lange auf eine bestimmte Weise gelebt hat.»

Christian nickte verständnisvoll.

«Ich weiß, dass es schwierig ist. Veränderungen sind immer schwer, besonders wenn sie etwas betreffen, das einem so wichtig ist.»

Ralph seufzte leise.

«Aber ich sehe, dass du es ernst meinst und dass du wirklich helfen willst. Und das bedeutet viel.»

Christian spürte, wie sich etwas in ihm löste.

«Danke, Ralph. Das bedeutet mir auch viel. Ich möchte, dass wir gemeinsam einen Weg finden, der für alle funktioniert.»

Ralph sah Christian direkt in die Augen, und für einen Moment schien die Zeit stillzustehen.

«Ich glaube, das können wir», sagte er leise. «Wir müssen nur einen Schritt nach dem anderen gehen.»

Christian lächelte.

«Genau. Und ich werde da sein, um dich zu unterstützen.»

Sie saßen noch eine Weile da, tranken Wein und teilten Geschichten aus ihrem Leben. Ralph erzählte von seiner Familie, von den Herausforderungen, denen sie als Fischer gegenüberstanden, und von den schönen Momenten, die sie zusammen erlebt hatten. Christian sprach über seine Ausbildung, seine Leidenschaft für die Meeresbiologie und die Gründe, warum er sich für den Schutz der Ozeane einsetzte.

«Weißt du», begann Christian nachdenklich, «ich bin in einer kleinen Stadt aufgewachsen, weit entfernt von hier. Meine Eltern waren Lehrer, und sie haben mir von klein auf beigebracht, wie wichtig Bildung und das Verständnis für die Welt um uns herum sind.»

Ralph lehnte sich zurück und nahm einen Schluck Wein.

«Das klingt nach einer guten Kindheit. Hast du Geschwister?»

Christian lächelte leicht.

«Ja, eine jüngere Schwester. Sie heißt Lena. Wir waren immer sehr verbunden. Sie arbeitet jetzt als Lehrerin, genau wie unsere Eltern.»

«Und wie bist du zur Meeresbiologie gekommen?», fragte Ralph interessiert.

Christian seufzte und sah hinaus aufs Meer, das im Mondlicht schimmerte.

«Als ich ungefähr zehn Jahre alt war, nahm mein Vater mich und meine Schwester mit an die Nordsee. Es war ein Sommerurlaub, aber es war auch das erste Mal, dass ich das Meer wirklich gesehen habe. Ich erinnere mich, wie ich stundenlang am Strand saß und den Wellen zusah. Ich beobachtete, wie das Meer sich zurückzog und fast vollkommen verschwand, bevor es voll Energie wieder auf mich zuströmte. Von da an war ich fasziniert von der endlosen Weite und den Geheimnissen, die das Meer verbirgt.»

«Das klingt magisch», sagte Ralph leise. Christian nickte.

«Ja, das war es. Aber es war auch der Moment, in dem ich beschloss, dass ich mehr über das Meer erfahren wollte. Als ich älter wurde, begann ich, Bücher über Meeresbiologie zu lesen und Dokumentationen zu schauen. Ich wollte alles wissen, was es über die Ozeane zu wissen gibt. Diese Faszination hat mich nie verlassen.»

«Und das hat dich dazu gebracht, Meeresbiologie zu studieren?», fragte Ralph.

«Genau», antwortete Christian. «Ich habe an der Universität Biologie studiert und mich auf Meeresbiologie spezialisiert. Während meines Studiums hatte ich die Gelegenheit, an mehreren Forschungsprojekten teilzunehmen, die mir die Augen für die dringenden Probleme geöffnet haben, mit denen unsere Ozeane konfrontiert sind. Überfischung, Verschmutzung, Klimawandel – all das hat massive Auswirkungen auf das marine Leben.»

Ralph sah ihn aufmerksam an.

«Das muss hart gewesen sein, all diese Probleme zu sehen.»

Christian nickte ernst.

«Ja, das war es. Aber es hat mich auch motiviert, etwas dagegen zu tun. Nach meinem Studium habe ich bei verschiedenen Umweltorganisationen gearbeitet, um Projekte zum Schutz der Meere zu unterstützen. Ich habe in verschiedenen Teilen der Welt gearbeitet, aber irgendwann wurde mir klar, dass ich etwas Nachhaltiges und Langfristiges aufbauen wollte. Und das hat mich schließlich nach Meerlicht geführt.»

«Und warum gerade Meerlicht?», fragte Ralph neugierig.

Christian lächelte.

«Ich habe von dem Projekt gehört und wusste, dass es genau das ist, was ich machen wollte. Ein kleiner Ort, wo man wirklich einen Unterschied machen kann, und eine Gemeinde, die stark mit dem Meer verbunden ist. Es war die perfekte Gelegenheit, mein Wissen und meine Erfahrungen einzubringen, um etwas Positives zu bewirken.»

Ralph nickte langsam.

«Das erklärt einiges. Du bist hier, weil du wirklich etwas verändern willst.»

«Ja, das bin ich», sagte Christian ernst. «Und ich glaube, dass wir das zusammen schaffen können. Ich habe in den letzten Wochen so viel von euch gelernt und sehe, wie wichtig das Meer für euer Leben ist. Es ist nicht nur eine Ressource, sondern ein Teil eurer Identität.»

Ralph lächelte leicht.

«Das ist es. Und ich denke, dass du genau der Richtige bist, um uns zu helfen, den richtigen Weg zu finden.»

Christian fühlte sich durch Ralphs Worte tief berührt.

«Danke, Ralph. Das bedeutet mir viel. Ich werde mein Bestes geben, um euer Vertrauen nicht zu enttäuschen.»

Sie saßen noch eine Weile schweigend da, genossen die Stille und das Gefühl der wachsenden Verbindung zwischen ihnen. Die Nähe des Meeres, die klare Nacht und die Offenheit ihrer Gespräche schufen eine besondere Atmosphäre, die beiden das Gefühl gab, dass sie auf dem richtigen Weg waren – sowohl für ihre beruflichen Ziele als auch für ihre persönliche Beziehung.

Ralph sah Christian an und sagte leise: «Es ist schön, jemanden zu haben, der unsere Leidenschaft teilt und gleichzeitig neue Perspektiven einbringt. Ich bin froh, dass du hier bist.»

Christian erwiderte den Blick und spürte eine tiefe Wärme in sich aufsteigen.

«Ich auch, Ralph. Ich bin auch froh, hier zu sein.»

Kapitel 8

Am nächsten Abend schlug Ralph vor, zusammen mit Markus und Christian in die Dorfkneipe ,Anker' zu gehen. Als sie die Kneipe betraten, wurden sie von den bekannten Geräuschen und Gerüchen begrüßt: Lachen, Gespräche und der Duft von gebratenem Fisch und Bier. Ralph führte sie zu einem Tisch in der Ecke, von dem aus sie einen guten Blick auf das Geschehen hatten.

«Das hier ist unser Stammplatz», erklärte Ralph mit einem Lächeln. «Von hier aus kann man alles sehen und hören.»

Markus setzte sich neben Emma, die schon auf sie wartete. Die beiden hatten offensichtlich schon einiges zu besprechen, und ihre Blicke und das Lächeln, das sie tauschten, zeigten, dass zwischen ihnen eine besondere Verbindung entstand. Christian freute sich für die beiden und setzte sich Ralph gegenüber.

Kurz nachdem sie ihre Getränke bestellt hatten, bemerkte Christian, dass ein Mann auf sie zukam. Er war groß, hatte kurzes, dunkles Haar und trug ein teures Hemd, das nicht ganz zu der rustikalen Atmosphäre der Kneipe passte. Ralphs Gesichtsausdruck verhärtete sich leicht, als er den Mann sah.

«Das ist Tom Becker», sagte Ralph leise zu Christian. «Er ist ein Geschäftsmann hier im Dorf. Wir kennen uns schon seit unserer Schulzeit.»

Tom näherte sich dem Tisch mit einem Lächeln, das nicht ganz seine Augen erreichte.

«Ralph, Markus, Emma», begrüßte er sie, bevor sein Blick auf Christian fiel. «Und du musst der neue Meeresbiologe sein. Christian, richtig?»

Christian nickte und streckte die Hand aus.

«Ja, ich bin Christian Winter. Freut mich, dich kennenzulernen.»

Tom nahm Christians Hand, sein Händedruck war fest und kurz.

«Tom Becker. Willkommen in Meerlicht. Ich habe schon viel über dich gehört.»

«Danke», sagte Christian höflich. «Ich hoffe, dass wir alle zusammenarbeiten können, um das Beste für das Dorf und das Meer zu erreichen.»

Tom setzte sich und nahm einen Schluck von seinem Bier.

«Ja, ich habe von deinen Plänen gehört. Ich hoffe nur, dass sie nicht zu viele Unannehmlichkeiten für uns hier bringen.»

Die Worte klangen freundlich, aber Christian konnte den unterschwelligen Ton nicht überhören.

«Ich versuche, alle Interessen zu berücksichtigen und sicherzustellen, dass die Veränderungen für alle von Vorteil sind», antwortete er ruhig.

Tom lächelte leicht, aber es erreichte immer noch nicht seine Augen.

«Das hoffe ich. Ralph, du scheinst dich gut mit Christian zu verstehen. Das ist schön zu sehen.»

Ralph sah Tom direkt an, ohne sich von der Bemerkung provozieren zu lassen.

«Ja, das tue ich. Christian hat viele gute Ideen und ist bereit, mit uns zusammenzuarbeiten.»

Tom nickte langsam.

«Das ist gut zu hören. Manchmal sind neue Ideen genau das, was wir brauchen. Solange sie gut durchdacht sind und alle berücksichtigen.»

Die Spannung am Tisch war spürbar, aber Christian entschied sich, nicht darauf einzugehen. Stattdessen konzentrierte er sich darauf, das Gespräch in eine positivere Richtung zu lenken.

«Markus und Emma arbeiten gerade an einem großartigen Projekt zur Renovierung des Hafens», sagte er. «Es ist beeindruckend zu sehen, wie gut sie zusammenarbeiten.»

Emma lächelte und legte eine Hand auf Markus' Arm.

«Ja, wir haben viele spannende Ideen und hoffen, dass wir damit das Dorf bereichern können.»

Markus nickte zustimmend.

«Es ist eine große Aufgabe, aber ich bin sicher, dass wir es schaffen können. Und es ist großartig, mit jemandem wie Emma zusammenzuarbeiten, der so leidenschaftlich bei der Sache ist.»

Tom sah zwischen Emma und Markus hin und her, und ein leichtes Stirnrunzeln erschien auf seinem Gesicht.

«Das klingt interessant. Vielleicht könnte ich mir das Projekt einmal ansehen und sehen, ob ich in irgendeiner Weise helfen kann.»

«Das wäre großartig», sagte Markus höflich. «Wir könnten jede Unterstützung gebrauchen.»

Das Gespräch ging weiter, aber die Spannung blieb spürbar. Christian konnte nicht anders, als das Gefühl zu haben, dass Tom ihn nicht leiden konnte.

Nach einer Weile entschuldigte sich Tom und verließ den Tisch.

«Ich muss noch ein paar Dinge erledigen. War nett, dich kennenzulernen, Christian. Wir sehen uns sicher bald wieder.»

Christian nickte und sah ihm nach, wie er die Kneipe verließ. «Interessanter Typ», bemerkte er leise zu Ralph.

Ralph seufzte.

«Ja, das ist er. Tom ist schon immer ein bisschen… eigen gewesen. In unserer Jugend verbrachten wir viel Zeit miteinander. Als er erfuhr, dass ich homosexuell bin, ging er dann aber auf Abstand. Seitdem haben wir nicht mehr viel miteinander zu tun.»

Kapitel 9

Die folgenden Tage vergingen schnell. Christian arbeitete intensiv an seinen Forschungsprojekten im Institut und verbrachte viel Zeit mit Ralph und den Fischern, um ihre Arbeitsweise besser zu verstehen und Vertrauen aufzubauen. Gleichzeitig nahm das Renovierungsprojekt des Hafens unter der Leitung von Markus und Emma Gestalt an. Alles schien gut zu laufen, doch Christian konnte das ungute Gefühl, das ihm seit der Begegnung mit Tom Becker nachhing, nicht ganz abschütteln.

Eines Morgens, als Christian das Institut betrat, bemerkte er sofort, dass etwas nicht stimmte. Einige der Schränke standen offen, und Papiere lagen verstreut auf den Tischen und dem Boden. Er eilte zu seinem Büro und stellte fest, dass wichtige Forschungsmaterialien fehlten oder beschädigt waren. Sein Herzschlag beschleunigte sich, als er die Unordnung betrachtete.

«Emma!», rief er, während er die beschädigten Unterlagen durchblätterte. «Emma, komm schnell her!»

Emma kam eilig ins Büro gelaufen, und ihr Gesichtsausdruck veränderte sich, als sie das Chaos sah.

«Was ist hier passiert?», fragte sie erschrocken.

«Ich weiß es nicht», antwortete Christian. «Aber jemand war hier und hat absichtlich meine Materialien beschädigt und einige gestohlen. Das sieht nach Sabotage aus.»

Emma kniete sich neben Christian und untersuchte die beschädigten Dokumente.

«Das ist nicht gut», sagte sie leise. «Hast du irgendeine Ahnung, wer dahinter stecken könnte?»

«Nein, habe ich nicht. Vielleicht einer der Fischer, die uns immer noch als Bedrohung ansehen? Dabei dachte ich, wir hätten bereits gute Fortschritte erzielt.»

Emma nickte entschlossen.

«Wir sollten sofort die Polizei rufen und das melden. Und wir müssen sicherstellen, dass unsere Arbeit nicht weiter behindert wird.»

Die Polizei traf ein und nahm die Ermittlungen auf. Sie befragten Christian und Emma ausführlich und sicherten die Spuren am Tatort. Es war ein unangenehmer Prozess, aber notwendig, um herauszufinden, wer hinter der Sabotage steckte.

Nachdem die Polizei gegangen war, setzte sich Christian erschöpft in sein Büro. Emma brachte ihm einen Kaffee und setzte sich zu ihm.

«Wir dürfen uns davon nicht entmutigen lassen», sagte sie leise. «Wir machen wichtige Arbeit, und das wissen unsere Gegner auch. Das ist der Grund, warum sie versuchen, uns zu stoppen.»

Christian nickte und trank einen Schluck von seinem Kaffee.

«Du hast recht. Wir müssen weitermachen. Aber wir müssen auch vorsichtig sein und sicherstellen, dass wir unsere Arbeit besser schützen.»

Emma lächelte aufmunternd.

«Das werden wir. Und wir werden herausfinden, wer dahinter steckt.»

Später an diesem Tag traf Christian sich mit Ralph, um ihm von dem Vorfall zu erzählen.

Ralphs Gesichtsausdruck verhärtete sich, als er die Geschichte hörte.

«Das ist ernst», sagte er. «Wir müssen herausfinden, wer das war. Ich werde mit den anderen Fischern sprechen und sehen, ob jemand etwas gesehen hat oder Verdächtiges bemerkt hat.»

«Danke, Ralph», sagte Christian dankbar. «Ich schätze deine Unterstützung.»

Ralph legte eine Hand auf Christians Schulter.

«Wir kämpfen diesen Kampf zusammen. Lass uns sicherstellen, dass wir gewinnen.»

Die Tage vergingen, und Christian und Ralph verbrachten immer mehr Zeit miteinander. Sie arbeiteten gemeinsam an den Projekten und entwickelten ihre Pläne für eine nachhaltige Fischerei weiter. Doch es war nicht nur die Arbeit, die sie zusammenbrachte. In den ruhigen Momenten dazwischen, bei Spaziergängen am Strand oder bei gemeinsamen Abendessen, vertiefte sich ihre Beziehung auf einer ganz neuen Ebene.

An einem sonnigen Nachmittag entschieden sie sich, eine Pause von der Arbeit einzulegen und einen Spaziergang entlang der Klippen zu machen. Die Aussicht auf das endlose Meer war atemberaubend, und die frische Brise trug den salzigen Duft des Ozeans heran. Sie gingen schweigend nebeneinander her, beide in Gedanken versunken.

«Es ist wirklich schön hier», sagte Christian schließlich und blieb stehen, um den Blick über das Wasser zu genießen.

«Ja, das ist es», antwortete Ralph leise. «Das Meer hat etwas Beruhigendes, aber auch etwas Wildes und Unvorhersehbares.»

Christian sah Ralph an und lächelte.

«Ich denke, das ist einer der Gründe, warum ich es so liebe. Es gibt immer etwas Neues zu entdecken.»

Ralph erwiderte das Lächeln und trat näher zu Christian.

«Du bist anders als die meisten Menschen, die ich kenne, Christian. Du siehst Dinge auf eine Weise, die ich bewundere.»

Christian spürte, wie sein Herz schneller schlug.

«Und du, Ralph, bist einer der ehrlichsten und leidenschaftlichsten Menschen, die ich je getroffen habe. Du gibst niemals auf, egal wie schwierig es wird.»

Ein kurzer Moment der Stille folgte, dann griff Ralph vorsichtig nach Christians Hand.

«Ich denke, wir ergänzen uns gut.»

Christian drückte Ralphs Hand sanft und trat noch näher.

«Das tun wir.»

Die Luft zwischen ihnen schien zu knistern, als sie einander in die Augen sahen. Die Anziehungskraft, die sie beide gespürt hatten, war jetzt unausweichlich. Langsam, fast zögernd, beugte sich Ralph vor und legte seine Lippen auf die von Christian. Es war ein sanfter, zärtlicher Kuss, der all die unausgesprochenen Gefühle in sich trug.

Christian schloss die Augen und erwiderte den Kuss, ließ sich von den Emotionen überwältigen. Die Zeit schien stillzustehen, und alles, was zählte, war dieser eine Moment der Verbundenheit. Als sie sich schließlich voneinander lösten, blieb Ralphs Stirn an Christians gelehnt.

«Ich wollte das schon lange tun», flüsterte Ralph.

«Ich auch», antwortete Christian leise. «Und es fühlt sich genau richtig an.»

Sie verbrachten den restlichen Nachmittag damit, die Küste zu erkunden, Hand in Hand, als ob sie sich nie wieder voneinander trennen wollten. Sie redeten über ihre Träume und Hoffnungen, über die Herausforderungen, denen sie gegenüberstanden, und darüber, wie sie gemeinsam eine Zukunft aufbauen konnten.

Am Abend kehrten sie zu Ralphs Haus zurück, wo sie ein einfaches Abendessen zubereiteten und den Tag ausklingen ließen. Die Stimmung war gelöst und intim, und die Nähe, die sie teilten, schien alles andere unwichtig zu machen.

«Ich bin froh, dass du hier bist, Christian», sagte Ralph, als sie nach dem Essen auf der Veranda saßen und die Sterne betrachteten.

«Ich auch, Ralph», antwortete Christian und legte eine Hand auf Ralphs. «Ich hätte nie gedacht, dass ich hier so viel mehr als nur einen Job finden würde.»

Ralph lächelte und zog Christian näher zu sich.

«Das Leben ist voller Überraschungen. Und ich bin froh, dass du eine davon bist.»

In dieser Nacht schliefen sie eng umschlungen ein, mit dem Wissen, dass sie zusammen stark waren und jede Herausforderung meistern konnten. Die Verbindung zwischen ihnen war stärker denn je, und sie wussten, dass dies erst der Anfang ihrer gemeinsamen Reise war.

Kapitel 10

Der nächste Morgen begann mit einem warmen Sonnenaufgang, der das Strandhaus in goldenes Licht tauchte. Christian wachte auf und spürte Ralphs Arme um sich, ein Gefühl von Sicherheit und Geborgenheit durchströmte ihn. Er drehte sich vorsichtig um und sah Ralph an, der noch schlief.

Ein Lächeln huschte über Christians Gesicht, als er die friedliche Miene seines Partners betrachtete.

Nach einem ruhigen Frühstück auf der Veranda beschlossen sie, den Tag gemeinsam zu verbringen und die Schönheit von Meerlicht zu genießen. Sie gingen an den Strand, schwammen im kühlen Wasser und entspannten sich im weichen Sand. Die Leichtigkeit und Freude, die sie empfanden, war überwältigend. Es war, als ob die Welt um sie herum für einen Moment stillstand und ihnen erlaubte, einfach glücklich zu sein.

Am Nachmittag setzten sie sich zusammen, um ihre Pläne für die nachhaltige Fischerei weiterzuentwickeln. Christian erklärte Ralph einige seiner neuesten Ideen, und Ralph brachte praktische Vorschläge ein, die auf seinen Erfahrungen als Fischer basierten. Ihre Zusammenarbeit verlief harmonisch und produktiv, und sie fühlten sich wie ein echtes Team.

«Das könnte wirklich funktionieren», sagte Ralph begeistert, als sie einen Plan für die Verwendung von umweltfreundlicheren Netzen skizzierten. «Es ist eine gute Mischung aus Wissenschaft und Praxis.»

Christian nickte zustimmend.

«Genau das habe ich mir erhofft. Wenn wir zusammenarbeiten, können wir viel erreichen.»

Als die Sonne begann unterzugehen, kehrten sie ins Strandhaus zurück.

Ralph machte ein einfaches Abendessen, während Christian sich Notizen über ihre Fortschritte machte. Während sie aßen, sprachen sie über die nächsten Schritte und die Herausforderungen, die vor ihnen lagen.

«Ich denke, ich werde heute Nacht einen Tauchgang machen», sagte Christian plötzlich. «Es gibt einige Proben, die ich sammeln möchte, und nachts ist die Aktivität im Meer anders. Es könnte interessante Daten liefern.»

Ralph sah ihn besorgt an.

«Bist du sicher, dass das eine gute Idee ist? Nach allem, was passiert ist, sollten wir vorsichtig sein.»

Christian nickte.

«Ja, Ralph. Diese Daten sind wichtig. Aber ich werde nicht allein tauchen. Es ist zu gefährlich, vor allem nach dem, was passiert ist. Ich brauche einen Tauchpartner.»

Ralph sah Christian fest in die Augen.

«Dann komme ich mit dir. Ich lasse dich nicht allein da draußen.»

Christian zögerte kurz, dann lächelte er.

«Danke, Ralph. Es beruhigt mich, dich dabei zu haben.»

Die beiden Männer bereiteten die Ausrüstung sorgfältig vor. Christian überprüfte jedes Detail, während Ralph sicherstellte, dass die Tanks vollständig gefüllt und die Atemregler in einwandfreiem Zustand waren. Sie sprachen auch die Notfallsignale und Tauchpläne durch, um sicherzustellen, dass sie auf jede Situation vorbereitet waren.

Emma, die noch im Institut arbeitete, kam kurz vorbei, um ihnen viel Glück zu wünschen.

«Passt auf euch auf», sagte sie ernst. «Nach allem, was passiert ist, müssen wir besonders vorsichtig sein.»

«Werden wir», versicherte Christian ihr. «Danke, Emma.»

Als die Dunkelheit hereinbrach, fuhren Ralph und Christian zum Strand, wo sie das Tauchboot vorbereitet hatten. Der Mond schien hell und spiegelte sich auf der ruhigen Wasseroberfläche. Es war eine wunderschöne, aber auch geheimnisvolle Nacht.

«Bereit?», fragte Ralph, als sie ihre Ausrüstung anzogen.

Christian nickte und spürte eine Mischung aus Aufregung und Nervosität.

«Ja, ich bin bereit.»

Sie setzten ihre Masken auf, überprüften noch einmal die Kommunikation über ihre Unterwasser-Funkgeräte und ließen sich dann rückwärts ins Wasser fallen. Das kühle Wasser umhüllte sie sofort, und sie begannen ihren langsamen Abstieg in die Tiefe.

Die Unterwasserwelt bei Nacht war anders, faszinierend und voller Leben, das tagsüber verborgen blieb. Christian und Ralph tauchten langsam tiefer, ihre

Lampen schnitten durch die Dunkelheit und enthüllten schillernde Korallen und neugierige Fische, die in den Lichtkegeln auftauchten.

Christian begann, Proben zu sammeln und Daten zu erfassen. Ralph blieb immer in seiner Nähe, beobachtete aufmerksam die Umgebung und sicherte ihren Tauchgang ab. Die Ruhe des Meeres bei Nacht und das Gefühl, gemeinsam etwas Wichtiges zu tun, stärkte ihre Verbindung noch weiter.

Doch plötzlich bemerkte Christian, dass etwas nicht stimmte. Ein leises Zischen drang an seine Ohren, und der Luftdruck in seinem Tank begann schnell zu sinken. Panik stieg in ihm auf, als er erkannte, dass seine Ausrüstung sabotiert worden war.

Er drehte sich um und gab Ralph das Notsignal. Sofort war Ralph an seiner Seite und erfasste die Situation. Ohne zu zögern, nahm er Christians Hand und führte ihn ruhig, aber zügig in

Richtung Oberfläche. Die beiden Männer bewegten sich synchron, ihre lange Erfahrung und das gegenseitige Vertrauen halfen ihnen, die aufkommende Panik zu unterdrücken.

Als sie die Oberfläche erreichten, zog Ralph Christian sofort in das Boot. Christian rang nach Atem, und Ralph überprüfte schnell seine Ausrüstung.

«Die Dichtung am Atemregler wurde manipuliert», sagte Ralph wütend.

«Das war kein Zufall», sagte Christian leise, als sie fuhren. «Jemand wollte mich davon abhalten, meine Arbeit zu machen.» Erschöpft legte er sich hin und Ralph fuhr das Boot ans Ufer.

Während Ralph das Steuer führte, hielt er Christians Hand fest.

«Wir werden herausfinden, wer das war, Christian. Und wir werden dafür sorgen, dass du deine Arbeit fortsetzen kannst – sicher und ohne Angst.»

Sie fuhren schnell zum Ufer zurück und Ralph lud die beschädigte Ausrüstung ins Auto. Christian wollte nicht ins Krankenhaus.

«Es geht mir gut, du warst direkt zur Stelle. Ich muss nur einmal ausschlafen, dann wird es wieder gehen.»

Ralph bestand darauf, dass sie wenigstens sofort ins Institut fuhren, um Emma zu informieren und die Polizei einzuschalten.

Als sie im Institut ankamen, wartete Emma bereits besorgt auf sie. Ralph erklärte ihr, was passiert war, und sie rief sofort die Polizei. Die Beamten begannen mit den Ermittlungen, und es war klar, dass sie die Sabotage ernst nahmen.

In dieser Nacht, als Christian und Ralph schließlich zur Ruhe kamen, war ihnen bewusst, dass die Gefahr real war und dass sie vorsichtiger denn je sein mussten. Aber sie waren nicht allein – sie hatten einander und ihre Freunde, die bereit waren, sie zu unterstützen und zu schützen.

Kapitel 11

Die Sonne ging gerade auf, als Christian und Ralph gemeinsam zum Polizeirevier gingen, um ihre Aussagen über die Sabotage des Tauchgangs zu machen. Die Ereignisse der letzten Nacht hatten sie beide erschüttert, aber auch entschlossener gemacht, herauszufinden, wer hinter den gefährlichen Aktionen steckte.

Im Revier wurden sie von Kommissar Lehmann begrüßt, einem erfahrenen und entschlossenen Beamten, der die Ermittlungen leitete.

«Herr Winter, Herr König», sagte er mit einem ernsten Nicken. «Wir müssen Ihre Aussagen aufnehmen und herausfinden, wer versucht hat, Ihre Arbeit zu sabotieren.»

Christian und Ralph gaben detaillierte Beschreibungen der Ereignisse und betonten die ungewöhnlichen

Umstände, die zu dem Vorfall geführt hatten. Christian erklärte, wie er plötzlich den Druckabfall in seinem Lufttank bemerkt hatte und wie Ralph ihm das Leben gerettet hatte.

«Es ist offensichtlich, dass jemand wusste, was er tat», sagte Christian. «Jemand wollte mich ernsthaft verletzen oder schlimmer.»

Kommissar Lehmann notierte alles sorgfältig und nickte verständnisvoll.

«Haben Sie irgendwelche Vermutungen, wer dahinterstecken könnte?»

Christian schüttelte den Kopf.

«Wir haben keine konkreten Verdächtigen. Aber es muss jemand sein, der Zugang zu unserer Ausrüstung hatte und wusste, was er tun musste, um sie zu sabotieren.»

Ralph fügte hinzu: «Es gibt einige Leute im Dorf, die nicht besonders glücklich über die Veränderungen sind, die wir vorschlagen. Aber ich wüsste nicht, wer von ihnen so weit gehen würde.»

Kommissar Lehmann hob eine Augenbraue.

«Wir werden alle möglichen Verdächtigen befragen und sehen, ob wir Hinweise finden können.»

Nachdem sie ihre Aussagen gemacht hatten, verließen Christian und Ralph das Revier. Die Sonne stand inzwischen hoch am Himmel, aber die drückende Last der Ungewissheit blieb auf ihren Schultern.

Zurück im Dorf begannen die Spekulationen. Die Nachricht von der Sabotage verbreitete sich schnell, und die Dorfbewohner diskutierten eifrig, wer der Täter sein könnte.

«Es ist frustrierend», sagte Christian, als sie zurück zum Institut gingen. «Wir wissen, dass jemand uns schaden will, aber ohne Beweise können wir nichts tun.»

Ralph legte eine Hand auf Christians Schulter.

«Wir müssen Geduld haben. Die Wahrheit wird ans Licht kommen. Und bis dahin müssen wir weiterarbeiten und sicherstellen, dass wir unsere Pläne umsetzen.»

Im Institut trafen sie sich mit Emma und Markus, um die nächsten Schritte zu besprechen.

Emma hatte bereits begonnen, zusätzliche Sicherheitsvorkehrungen zu treffen, um weitere Sabotageakte zu verhindern. Markus war ebenfalls entschlossen, ihnen zu helfen. Er hat Kameras installiert und eingerichtet, damit sie alles in und um das Institut beobachtet konnten. Falls wieder jemand eindringen sollte, würde er dadurch entdeckt werden.

«Wir dürfen uns nicht einschüchtern lassen», sagte Emma entschieden. «Unsere Arbeit ist zu wichtig, um jetzt aufzugeben.»

Christian nickte zustimmend.

«Ihr habt recht. Wir müssen weitermachen. Aber wir müssen auch vorsichtig sein.»

Trotz der Unsicherheit und der lau-
fenden Ermittlungen setzten Christian
und Ralph ihre Arbeit unermüdlich
fort. Sie wurden dabei tatkräftig von
Markus und Emma unterstützt. Die vier
entwickelten ein enges Team, das sich
den Herausforderungen und dem
Widerstand stellte, der ihnen aus Teilen
der Dorfbevölkerung entgegengebracht
wurde.

An einem kühlen Morgen trafen sich
Christian und Ralph mit Markus und
Emma am Hafen, um die Fortschritte
ihrer Projekte zu besprechen und die
nächsten Schritte zu planen. Der Wind
trug den salzigen Duft des Meeres
herüber, und Möwen kreisten laut krei-
schend über den Booten.

«Wir müssen sicherstellen, dass die
neuen Netze rechtzeitig ankommen und
dass die Fischer verstehen, wie sie diese

richtig einsetzen», sagte Christian und betrachtete die Pläne, die sie vor sich ausgebreitet hatten.

Markus nickte.

«Ich habe mit einigen Lieferanten gesprochen. Die Netze sollten in den nächsten Tagen hier sein. Ich kümmere mich darum, dass sie schnell verteilt werden.»

Emma fügte hinzu: «Und ich arbeite an einem Schulungsprogramm für die Fischer. Wir könnten eine Informations-veranstaltung organisieren, um die Vorteile der neuen Methoden zu erklären und mögliche Fragen zu beantworten.»

Ralph, der bisher schweigend zugehört hatte, nickte nachdenklich.

«Das ist ein guter Plan. Aber wir müssen auch auf den Widerstand vor-bereitet sein. Es gibt immer noch einige Fischer, die nicht überzeugt sind.»

Tatsächlich stießen sie weiterhin auf Skepsis und Misstrauen. Einige Dorfbewohner befürchteten, dass die neuen Methoden ihre Lebensweise gefährden könnten. Es gab hitzige Diskussionen und auch offene Anfeindungen.

Eines Nachmittags, als Christian und Ralph gerade von einer Besprechung mit den Fischern zurückkehrten, wurden sie von einer kleinen Gruppe Männer aufgehalten. Einer von ihnen, ein älterer Fischer namens Klaus, trat vor und verschränkte die Arme vor der Brust.

«Wir haben genug von diesen Veränderungen», sagte Klaus scharf. «Wir leben schon seit Generationen so, und das wird sich nicht ändern.»

Ralph trat einen Schritt vor und antwortete ruhig: «Klaus, ich verstehe deine Bedenken. Aber die Zeiten ändern sich, und wir müssen mit ihnen Schritt halten. Diese neuen Methoden werden uns helfen, die Zukunft unserer Fischerei zu sichern.»

Klaus schnaubte abfällig.

«Das sagen sie alle. Aber am Ende leiden wir darunter. Ich vertraue diesen neuen Methoden nicht.»

Christian spürte die Spannung in der Luft und trat ebenfalls vor.

«Klaus, ich verstehe deine Sorgen. Aber wir haben sorgfältig geforscht und getestet. Diese Methoden sind nicht dazu da, euch das Leben schwer zu machen, sondern um sicherzustellen, dass wir alle auch in Zukunft noch vom Meer leben können.»

Die anderen Männer murmelten zustimmend, aber es war klar, dass die Fronten verhärtet waren. Christian und Ralph wussten, dass es Zeit und Geduld brauchen würde, um die Skeptiker zu überzeugen.

Als sie schließlich nach Hause zurückkehrten, fühlten sie sich erschöpft, aber auch entschlossen, weiterzumachen.

«Es wird nicht einfach, aber wir dürfen nicht aufgeben», sagte Ralph und legte eine Hand auf Christians Schulter. «Wir machen das Richtige.»

Christian lächelte und nickte.

«Ja, das tun wir. Und wir haben großartige Unterstützung.»

Die nächsten Tage verbrachten sie damit, ihre Pläne weiter voranzutreiben und die Fischer zu schulen. Sie standen früh auf und arbeiteten bis spät in die Nacht. Die Unterstützung von Markus und Emma war dabei unverzichtbar.

Eines Abends, als sie alle gemeinsam im ‚Anker' saßen und über die Ereignisse des Tages sprachen, fühlte Christian eine wachsende Verbundenheit mit seinen Freunden.

«Wir sind auf dem richtigen Weg», sagte er zu Ralph, Markus und Emma. «Es wird nicht einfach, aber wir schaffen das.»

Markus hob sein Glas.

«Auf unsere Freundschaft und auf die Zukunft unserer Fischerei.»

Die anderen stießen mit ihm an, und für einen Moment fühlte sich alles richtig und gut an. Trotz der Herausforderungen und des Widerstands spürten sie eine tiefe Verbundenheit und die Hoffnung auf eine bessere Zukunft.

Am nächsten Morgen standen Christian und Ralph früh auf, um weiter an ihren Projekten zu arbeiten. Trotz der Schwierigkeiten und des Widerstands blieben sie fest entschlossen, ihre Ziele zu erreichen. Die Unterstützung von Markus und Emma war ihnen dabei eine große Hilfe. Doch an diesem Tag sollten sie eine weitere, unerwartete Unterstützung erfahren.

Als sie zum Hafen kamen, sahen sie Herrn Schmidt, den ältesten Fischer im Dorf, der bereits auf sie wartete. Herr Schmidt war eine respektierte Persönlichkeit in Meerlicht, und seine Meinung hatte großes Gewicht bei den Dorfbewohnern. Ralph begrüßte ihn herzlich.

«Guten Morgen, Herr Schmidt», sagte Ralph. «Was führt Sie so früh hierher?»

Herr Schmidt lächelte leicht und schaute Christian an. «Ich habe von den Problemen und der Sabotage gehört», begann er. «Und ich habe gesehen, wie hart ihr arbeitet, um die Fischerei nachhaltiger zu gestalten. Es ist an der Zeit, dass ich meine Unterstützung anbiete.»

Christian war überrascht und erfreut.

«Vielen Dank, Herr Schmidt. Ihre Unterstützung bedeutet uns sehr viel.»

Herr Schmidt nickte.

«Ich habe lange darüber nachgedacht. Die Zeiten ändern sich, und wir müssen uns anpassen, wenn wir überleben wollen. Ich habe gesehen, wie das Meer sich verändert hat, und ich weiß, dass wir etwas tun müssen, um es zu schützen.»

Er drehte sich zu den anderen Fischern, die sich inzwischen um sie versammelt hatten.

«Hört zu», rief er. «Christian und Ralph tun das Richtige. Sie versuchen, unsere Zukunft zu sichern. Wir sollten ihnen eine Chance geben und ihre Vorschläge unterstützen.»

Die Worte von Herrn Schmidt hatten einen starken Effekt auf die Fischer. Einige von ihnen, die bisher skeptisch gewesen waren, nickten zustimmend. Es war klar, dass Herr Schmidts Meinung viele von ihnen beeinflusste.

«Ich weiß, dass Veränderungen schwer sind», fuhr Herr Schmidt fort. «Aber wir haben die Verantwortung, das Meer für zukünftige Generationen zu bewahren. Lasst uns gemeinsam daran arbeiten.»

Christian und Ralph fühlten eine Welle der Erleichterung und des Dankes. Die Unterstützung von Herrn Schmidt war ein wichtiger Schritt, um das Vertrauen der Fischer zu gewinnen und ihre Projekte voranzutreiben.

«Danke, Herr Schmidt», sagte Ralph. «Ihre Unterstützung wird uns sehr helfen.»

«Es ist das Mindeste, was ich tun kann», antwortete Herr Schmidt. «Ich werde den anderen helfen, die neuen Methoden zu verstehen und umzusetzen. Zusammen können wir es schaffen.»

Die nächsten Tage waren geprägt von harter Arbeit und neuen Hoffnungsschimmern. Dank der Unterstützung von Herrn Schmidt gelang es Christian und Ralph, mehr Fischer für ihre Pläne zu gewinnen und die neuen Methoden erfolgreich einzuführen.

Es war ein großer Fortschritt, und die Stimmung im Dorf begann sich zu verbessern.

Emma und Markus arbeiteten unermüdlich an der Renovierung des Hafens und der Schulung der Fischer. Sie organisierten Workshops und Informationsveranstaltungen, bei denen sie die Vorteile der neuen Methoden erklärten und Fragen beantworteten. Die Beteiligung und das Interesse der Dorfbewohner wuchsen stetig.

Eines Abends, als sie alle zusammen im ‚Anker' saßen, hob Herr Schmidt sein Glas und lächelte.

«Auf die Zukunft unserer Fischerei und auf die Menschen, die den Mut haben, Veränderungen anzustoßen.»

Christian, Ralph, Emma und Markus stießen mit ihm an. Es war ein Moment des Triumphs und der Gemeinschaft, der ihnen zeigte, dass ihre Anstrengungen nicht vergeblich waren.

«Wir haben noch einen langen Weg vor uns», sagte Christian, «aber ich bin zuversichtlich, dass wir es schaffen können.»

Ralph legte einen Arm um Christian und nickte. «Ja, das werden wir. Zusammen sind wir stark.»

Kapitel 12

Die Tage vergingen, und die Ermittlungen der Polizei führten endlich zu einem Durchbruch. Kommissar Lehmann informierte Christian, Ralph und Emma, dass es neue Entwicklungen im Fall der Sabotage gab. Die Spannung war greifbar, als sie sich im Büro des Kommissars versammelten.

«Wir haben genug Beweise gesammelt», begann Kommissar Lehmann, «um den Verdacht zu bestätigen. Tom Becker steht hinter den Sabotageakten.»

Christian fühlte einen Knoten in seinem Magen. Er erinnerte sich an das seltsame Verhalten von Tom und die unterschwellige Feindseligkeit, die er bei ihrem letzten Treffen gespürt hatte.

«Wie haben Sie es herausgefunden?», fragte er.

«Wir haben Fingerabdrücke auf den beschädigten Materialien gefunden», erklärte Kommissar Lehmann. «Außerdem haben wir Zeugen, die gesehen haben, wie er in der Nähe des Instituts herumschlich, kurz bevor die Sabotage stattfand.»

Ralph ballte die Fäuste.

«Warum würde er so etwas tun?»

Kommissar Lehmann seufzte.

«Es scheint, dass Tom Becker starke Vorbehalte gegen die Veränderungen hat, die ihr vorschlagt. Er glaubt, dass sie seine Geschäfte und die traditionelle Lebensweise des Dorfes gefährden.»

Christian nickte nachdenklich.

«Aber das rechtfertigt nicht, Leben zu gefährden.»

«Nein, das tut es nicht», stimmte Kommissar Lehmann zu. «Tom Becker wird verhaftet und für seine Taten zur Rechenschaft gezogen.»

Die Verhaftung von Tom Becker verbreitete sich schnell im Dorf, und die Reaktionen waren gemischt. Einige waren schockiert, andere fühlten

Erleichterung. Die meisten jedoch erkannten, dass die Sabotageakte nicht nur die Projekte von Christian und Ralph gefährdet hatten, sondern auch die Sicherheit des gesamten Dorfes.

In den folgenden Tagen spürten Christian und Ralph eine Welle der Unterstützung und Solidarität von den Dorfbewohnern. Die Fischer, die zuvor skeptisch gewesen waren, begannen, die neuen Methoden zu akzeptieren und zu unterstützen.

Eines Abends trafen sich Christian, Ralph, Emma und Markus erneut im ‚Anker‘, um die jüngsten Entwicklungen zu besprechen und ihre Erfolge zu feiern. Der Raum war erfüllt von Lachen und lebhaften Gesprächen.

«Es war eine harte Zeit, aber wir haben es geschafft», sagte Emma und hob ihr Glas. «Auf die Zukunft und auf unsere Freundschaft.»

«Auf die Zukunft», wiederholten die anderen und stießen mit ihr an.

Ralph legte seinen Arm um Christian und lächelte.

«Ich hätte nie gedacht, dass wir so weit kommen würden. Aber ich bin froh, dass du hier bist und dass wir das zusammen durchgestanden haben.»

Christian erwiderte das Lächeln und fühlte eine tiefe Dankbarkeit und Liebe.

«Ich auch, Ralph. Es war nicht einfach, aber es hat uns nur stärker gemacht.»

Eines Abends, während sie auf der Veranda des Strandhauses saßen und den Sonnenuntergang betrachteten, sprach Ralph über die neuesten Erkenntnisse der Polizei.

«Christian, es stellt sich heraus, dass Tom nicht nur wegen seiner Ansichten zur Fischerei so gehandelt hat. Er hatte schon immer Gefühle für mich, aber er konnte sie sich nie eingestehen. Für ihn war Homosexualität eine Krankheit. Diese unterdrückten Gefühle und seine Abneigung gegen Veränderungen

haben ihn zu diesen extremen Maßnahmen getrieben.»

Christian nahm Ralphs Hand und sah
ihm in die Augen.

«Das erklärt einiges. Es ist traurig, dass
seine eigenen inneren Kämpfe und Vor-
urteile ihn so weit gebracht haben.»

Ralph nickte.

«Ja, es ist traurig. Aber jetzt, wo das
alles vorbei ist, können wir uns endlich
auf das konzentrieren, was wirklich
zählt – uns.»

Christian lächelte.

«Genau. Uns und die Zukunft, die wir
zusammen aufbauen werden.»

Epilog

Der Frühling hatte Meerlicht in ein buntes Blütenmeer verwandelt. Die Sonne schien warm auf die kleinen Fischerhäuser, und der frische Duft des Meeres vermischte sich mit dem süßen Aroma der blühenden Blumen. Heute war ein besonderer Tag im Dorf – die Hochzeit von Markus und Emma.

Im Gemeindehaus herrschte reges Treiben, die Dorfbewohner waren dabei, die letzten Vorbereitungen zu treffen. Zwischen den festlich geschmückten Tischen und den liebevoll arrangierten Blumensträußen standen Christian und Ralph, Hand in Hand. Sie beobachteten das bunte Treiben mit einem Lächeln.

«Kannst du glauben, dass Markus und Emma endlich heiraten?», fragte Ralph und drückte Christians Hand.

Christian lachte.

«Es wurde auch Zeit. Die beiden sind wie füreinander geschaffen.»

Ralph nickte zustimmend.

«Ja, so wie wir.»

Christian sah Ralph tief in die Augen und erwiderte das Lächeln. Sie trugen beide schlichte, aber elegante Eheringe – ein Symbol ihrer eigenen Liebe und Verbindung. Vor einigen Monaten hatten sie in einer kleinen, aber wunderschönen Zeremonie am Strand geheiratet, umgeben von ihren engsten Freunden und Familie.

«Ich bin so glücklich, dass wir hier sind», sagte Christian leise. «Meerlicht ist unser gemeinsames Zuhause geworden, und ich könnte mir keinen besseren Ort vorstellen.»

Ralph legte einen Arm um Christians Schultern und zog ihn näher.

«Ich auch, Christian. Jeder Tag hier mit dir ist ein Geschenk.»

Die Zeremonie begann, und alle nahmen ihre Plätze ein. Markus und

Emma strahlten vor Glück, als sie ihre Gelübde austauschten, und es gab nicht wenige Tränen der Rührung unter den Gästen. Die Feier war eine Mischung aus Tradition und Moderne, genau wie das Dorf selbst.

Während der Feierlichkeiten traten Markus und Emma zu Christian und Ralph.

«Danke, dass ihr da seid», sagte Markus und umarmte sie beide. «Ihr seid ein Teil von allem, was wir hier erreicht haben.»

«Und wir könnten uns keine besseren Freunde wünschen», fügte Emma hinzu, bevor sie Christian und Ralph ebenfalls umarmte.

«Das geht uns nicht anders. Nicht nur Freunde. Familie», antwortete Ralph. «Wir sind froh, dass wir Teil dieses besonderen Tages sein dürfen.»

Die Feier ging bis in die späten Abendstunden, gefüllt mit Lachen, Musik und Tanz. Die Dorfbewohner, die durch die gemeinsamen Erlebnisse ebenfalls enger zusammengewachsen waren, feierten fröhlich mit. Es war ein Tag der Freude und der Hoffnung auf eine strahlende Zukunft.

Später, als die Sterne am Himmel funkelten und das Meer ruhig in der Dunkelheit lag, standen Christian und Ralph wieder einmal auf der Veranda ihres Strandhauses. Sie betrachteten das leise Rauschen der Wellen und die Lichter des Dorfes in der Ferne.

«Ich liebe dich, Ralph», sagte Christian leise.

«Ich liebe dich auch, Christian», antwortete Ralph und küsste ihn sanft.

Colin und Fritz
Die grünen Felder der Hoffnung

Kapitel 1

Fritz Müller war der Typ Mann, der einen Raum betreten und sofort alle Blicke auf sich ziehen konnte. Mit seinen gut geschnittenen Anzügen und seinem gepflegten Äußeren strahlte er die Souveränität eines erfolgreichen Geschäftsmanns aus.

Fritz war Mitte dreißig, hatte dunkelblondes Haar, das er stets perfekt frisierte, und seine blauen Augen funkelten vor Selbstbewusstsein. Er war einer der führenden Immobilienmakler in Grünsleben, einer charmanten kleinen Stadt, die für ihre grünen Landschaften und ihr idyllisches Flair bekannt war.

An diesem Morgen stand Fritz vor dem Spiegel in seinem geräumigen, modern eingerichteten Schlafzimmer und knotete seine Krawatte.

Ein wichtiger Tag lag vor ihm: Die Stadtratssitzung, bei der das geplante Bauprojekt am Stadtrand besprochen werden sollte. Für Fritz war dieses Projekt mehr als nur eine berufliche Herausforderung. Es war eine Gelegenheit, seinen Einfluss und seine Vision für eine moderne Stadtentwicklung zu demonstrieren.

Während er sein Frühstück hastig zu sich nahm, ging er gedanklich noch einmal seine Präsentation durch. Er wusste, dass es Widerstand geben würde.

Besonders von den Umweltschützern, die das Naturreservat am Stadtrand verteidigen wollten. Aber Fritz war überzeugt, dass das Projekt der Stadt wirtschaftlichen Aufschwung bringen würde. Neue Arbeitsplätze, moderner Wohnraum und die Möglichkeit, Grünsleben als attraktiven Standort für junge Familien und Fachkräfte zu etablieren – das waren seine Argumente.

Fritz nahm einen letzten Schluck Kaffee und warf einen Blick auf die Uhr. Es war Zeit, loszufahren.

Er schnappte sich seine Aktentasche und verließ das Haus, das er vor einigen Jahren in einer ruhigen Wohngegend von Grünsleben gekauft hatte. Sein Auto, ein eleganter schwarzer BMW, stand bereits in der Einfahrt. Fritz liebte diesen Wagen – er war ein Symbol für seinen Erfolg und seinen anspruchsvollen Geschmack.

Die Fahrt ins Rathaus verlief reibungslos. Während er durch die Straßen von Grünsleben fuhr, grüßte er die bekannten Gesichter, die ihm zuwinkten. Fritz war in der Stadt bekannt und beliebt. Seine Freundlichkeit und sein Engagement für die Gemeinde hatten ihm viele Sympathien eingebracht.

Doch heute spürte er die Nervosität in seinem Magen. Er wusste, dass es keine leichte Sitzung werden würde.

Im Rathaus angekommen, betrat Fritz den Konferenzraum, der sich langsam mit Menschen füllte. Er nickte den Anwesenden zu, tauschte ein paar höfliche Worte aus und nahm schließlich seinen Platz am vorderen Tisch ein. Seine Präsentationsunterlagen lagen ordentlich vor ihm, und er war bereit, seine Argumente vorzutragen.

Während er sich umsah, fiel ihm ein Mann auf, der am Rand des Raumes stand und sich angeregt mit einer Gruppe von Leuten unterhielt. Fritz erkannte ihn sofort: Colin Weber, der bekannte Umweltschützer, der kürzlich aus Berlin zurückgekehrt war. Colin hatte sich sofort als vehementer Gegner des Bauprojekts positioniert und bereits mehrere Artikel und Interviews zu diesem Thema veröffentlicht.

Fritz hatte Colin bisher nur aus der Ferne gesehen, aber jetzt, da er ihn so nah vor sich hatte, konnte er nicht anders, als den starken Kontrast zwischen ihnen zu bemerken. Colin war lässig gekleidet, trug eine Jeans und ein T-Shirt mit einem Umweltlogo. Sein braunes Haar war etwas zerzaust, und in seinen grünen Augen lag ein entschlossener Ausdruck. Trotz ihrer gegensätzlichen Ansichten konnte Fritz nicht leugnen, dass Colin eine beeindruckende Präsenz hatte.

«Also, das wird interessant», murmelte Fritz vor sich hin und richtete seinen Blick wieder auf seine Unterlagen. Er wusste, dass er heute einen starken Gegner hatte, aber er war entschlossen, seine Vision für Grünsleben zu verteidigen.

Kapitel 2

Colin Weber spürte die vertraute Aufregung, als er durch die Straßen von Grünsleben ging. Es war schön, wieder zu Hause zu sein, trotz der Umstände. Nach mehreren Jahren in Berlin, wo er für verschiedene Umweltorganisationen gearbeitet hatte, war er zurück in seiner Heimatstadt, die er immer noch sehr liebte. Grünsleben hatte etwas Beruhigendes und gleichzeitig Inspirierendes an sich, mit seinen weiten Feldern, dichten Wäldern und der charmanten Altstadt.

Colin war in den frühen Dreißigern, hatte braunes, leicht zerzaustes Haar und grüne Augen, die vor Leidenschaft für seine Sache funkelten. Er war athletisch gebaut, dank seiner vielen Outdoor-Aktivitäten, und heute trug er wie üblich eine Jeans und ein T-Shirt mit dem Logo der Umweltschutzorganisation, für die er arbeitete. Für Colin war es nie nur ein Job gewesen. Es war eine Mission, die Welt zu einem besseren Ort zu machen, und er war fest entschlossen, dies auch in Grünsleben zu tun.

Der Weg führte ihn zum Rathaus, wo heute die entscheidende Stadtratssitzung stattfinden sollte. Ein Bauprojekt am Stadtrand bedrohte das Naturreservat, das Colin seit seiner Kindheit liebte. Die Entscheidung, gegen das Projekt zu kämpfen, fiel ihm leicht. Die Vorstellung, dass diese wertvolle Naturlandschaft durch Beton und Asphalt ersetzt werden könnte, war für ihn inakzeptabel.

Colin war einer der ersten, die im Rathaus ankamen. Er hatte sich mit einigen anderen Umweltschützern verabredet, um letzte Details zu besprechen. Während sie im Foyer des Gebäudes standen und ihre Pläne durchgingen, fiel sein Blick immer wieder auf die Menschen, die nach und nach eintrafen. Unter ihnen war auch Fritz Müller, der Immobilienmakler, der das Bauprojekt energisch unterstützte.

Colin hatte schon von Fritz Müller gehört. Ein erfolgreicher Geschäftsmann, der für seine charismatische Art und seinen Erfolg in der Immobilienbranche bekannt war. Fritz sah genauso aus, wie Colin ihn sich vorgestellt hatte: elegant gekleidet, selbstbewusst und mit einer Aura, die klar signalisierte, dass er gewohnt war, seinen Willen durchzusetzen.

«Das wird kein leichter Kampf», dachte Colin bei sich, während er Fritz beobachtete, wie er den Raum betrat und sofort einige Hände schüttelte. «Aber wir müssen alles geben, um das Reservat zu retten.»

Die anderen Umweltschützer um Colin herum nickten zustimmend, als er seine Gedanken laut aussprach.

«Wir müssen deutlich machen, dass es

hier nicht nur um ein paar Bäume geht», sagte er. «Dieses Naturreservat ist ein wichtiger Lebensraum für viele seltene Pflanzen und Tiere. Und es ist ein Stück Geschichte und Identität unserer Stadt.»

Mit diesen Worten im Hinterkopf betrat Colin den Konferenzraum, der sich inzwischen gut gefüllt hatte. Er suchte sich einen Platz in der Nähe seiner Mit-streiter und bereitete sich mental auf die bevorstehende Debatte vor. Er wusste, dass Fritz und die Befürworter des Projekts starke Argumente vorbrin-gen würden, aber Colin war fest ent-schlossen, seine Sache leidenschaftlich zu vertreten.

Kapitel 3

Der Konferenzraum im Rathaus war bis auf den letzten Platz gefüllt. Menschen aus verschiedenen Teilen der Stadt waren gekommen, um an der wichtigen Stadtratssitzung teilzunehmen. Die Atmosphäre war gespannt, und man konnte förmlich die unterschiedlichen Meinungen in der Luft spüren. Fritz und Colin saßen auf gegenüberliegenden Seiten des Raumes, jeder umgeben von seinen Unterstützern.

Der Bürgermeister eröffnete die Sitzung mit einer formellen Begrüßung und ging dann direkt zum Hauptthema über: das geplante Bauprojekt am Stadtrand. Fritz war als erster Redner aufgerufen und stand selbstbewusst auf. Seine vorbereitete Präsentation lag ordentlich auf dem Rednerpult, und er warf einen letzten Blick darauf, bevor er mit seiner Rede begann.

«Meine Damen und Herren», begann Fritz mit fester Stimme. «Ich möchte Ihnen heute die Vorteile des geplanten Bauprojekts am Stadtrand von Grünsleben vorstellen. Dieses Projekt bietet nicht nur dringend benötigten Wohnraum, sondern auch neue Arbeitsplätze und eine moderne Infrastruktur, die unsere Stadt weiter voranbringen wird.»

Fritz sprach über die ökonomischen Vorteile, die verbesserten Wohnmöglichkeiten und die nachhaltigen Bauweisen, die berücksichtigt würden. Er betonte, dass alle Umweltauflagen erfüllt würden und das Projekt sowohl für die Stadt als auch für ihre Bewohner von großem Nutzen sein würde. Seine Rede war gut strukturiert und überzeugend, und viele im Raum nickten zustimmend.

Als Fritz seine Rede beendet hatte, war Colin an der Reihe. Er stand auf und ging mit entschlossenen Schritten zum

Rednerpult. Seine Augen funkelten vor Leidenschaft, und seine Stimme war fest, als er begann zu sprechen.

«Sehr geehrte Damen und Herren», sagte Colin, «wir stehen hier vor einer Entscheidung, die weitreichende Konsequenzen für unsere Umwelt und unser kulturelles Erbe haben wird. Das Naturreservat, das durch dieses Bauprojekt bedroht ist, ist nicht nur ein Lebensraum für zahlreiche seltene Pflanzen und Tiere, sondern auch ein Ort der Ruhe und Erholung für die Menschen in unserer Stadt.»

Colin sprach über die Bedeutung des Naturreservats, die seltenen Arten, die dort heimisch waren, und die kulturelle Bedeutung des Gebiets für Grünsleben. Er argumentierte, dass der Verlust dieses wertvollen Naturraums unwiderruflich wäre und dass es alternative Lösungen geben müsse, um Wohnraum zu schaffen, ohne die Natur zu zerstören.

Die Debatte zwischen Fritz und Colin war intensiv. Beide brachten ihre stärksten Argumente vor, unterstützt von ihren jeweiligen Anhängern. Es war ein Aufeinandertreffen zweier starker Persönlichkeiten mit gegensätzlichen Visionen für die Zukunft von Grünsleben. Doch trotz der hitzigen Diskussion war auch eine gewisse gegenseitige Anerkennung spürbar.

Während Fritz sprach, konnte Colin nicht anders, als die Souveränität und das Selbstbewusstsein zu bewundern, mit dem Fritz seine Argumente vortrug. Und als Colin an der Reihe war, spürte Fritz die Leidenschaft und das tiefe Engagement, das Colin in seine Rede legte. Es war klar, dass beide Männer fest an das glaubten, wofür sie kämpften.

Die Sitzung zog sich in die Länge, und die Diskussionen wurden immer hitziger. Schließlich beschloss der Bürgermeister, die Entscheidung zu vertagen, um weiteren Beratungen Raum zu geben. Die Anwesenden erhoben sich langsam von ihren Plätzen, und die meisten verließen den Raum, um sich draußen weiter zu unterhalten.

Fritz und Colin blieben kurz zurück und warfen sich einen langen Blick zu. Für einen Moment schien die Welt um sie herum stillzustehen.

Beide wussten, dass dies nur der Anfang eines langen Kampfes war, doch tief in ihrem Inneren spürten sie auch eine unerwartete Anziehungskraft.

Vielleicht war es der Respekt vor der Überzeugung des anderen, oder etwas Undefinierbares, das sie miteinander verband.

Schließlich wandte Colin sich ab und ging, ohne ein Wort zu sagen. Fritz sah ihm nach, unsicher, was er von dieser Begegnung halten sollte.

Doch eines war klar: Das letzte Wort in dieser Angelegenheit war noch nicht gesprochen.

Kapitel 4

Colin war erschöpft.

Die Debatte hatte viel Energie gekostet, und er brauchte dringend eine Pause. Er entschied sich, ins ‚Grüne Eck' zu gehen, ein kleines, gemütliches Café in der Altstadt von Grünsleben, das für seinen hervorragenden Kaffee und die entspannte Atmosphäre bekannt war.

Als Colin das Café betrat, begrüßte ihn der Duft von frisch gebrühtem Kaffee und Gebäck. Er winkte der freundlichen Barista zu, die ihn seit seiner Rückkehr regelmäßig bediente.

«Ein großer Kaffee, bitte», sagte er und ließ sich auf einen der freien Plätze am Fenster fallen. Von hier aus konnte er die Leute beobachten, die vorbeigingen, und seine Gedanken ordnen.

Colin nahm einen Schluck von seinem heißen Kaffee und lehnte sich zurück. Seine Gedanken kreisten um die Stadtratssitzung und die nächsten Schritte, die er unternehmen musste, um das Naturreservat zu schützen.

Plötzlich klingelte die Türglocke des Cafés, und als Colin aufsah, trat Fritz Müller herein. Colin war überrascht. Das Café war eher ein Treffpunkt für die alternative Szene von Grünsleben, nicht unbedingt der Ort, an dem er einen Immobilienmakler erwartete.

Fritz schien Colin zunächst nicht zu bemerken. Er ging zur Theke, bestellte einen Cappuccino und sah sich dann nach einem Platz um. Als seine Augen auf Colin fielen, zögerte er kurz, bevor er sich entschloss, zu ihm zu gehen.

«Darf ich mich setzen?», fragte Fritz mit einem freundlichen Lächeln, das nichts von der Spannung der Sitzung erkennen ließ.

Colin nickte.

«Natürlich, setz dich.»

Fritz stellte seinen Cappuccino auf den Tisch und nahm Platz.

«Ich hätte nicht gedacht, dich hier zu treffen», begann er und rührte langsam in seinem Kaffee.

«Nach der Sitzung wollte ich einfach etwas Ruhe haben», antwortete Colin ehrlich.

Fritz nickte verständnisvoll.

«Das kann ich gut nachvollziehen. Die Sitzung war wirklich anstrengend.»

Eine kurze, etwas unangenehme Stille folgte, während beide Männer an ihren Getränken nippten. Doch dann brach Fritz das Schweigen. «Weißt du, Colin, ich respektiere wirklich dein Engagement für das Naturreservat. Du hast heute sehr überzeugend gesprochen.»

Colin war überrascht von der Ehrlichkeit in Fritz' Stimme.

«Danke, Fritz. Das bedeutet mir viel. Auch wenn wir auf unterschiedlichen Seiten stehen, respektiere ich deine Position ebenfalls. Du hast das Bauprojekt sehr gut vertreten.»

Ein leichtes Lächeln spielte um Fritz'

Lippen.

«Vielleicht gibt es ja doch einen Weg, unsere beiden Ziele zu vereinen», sagte er vorsichtig. «Ich meine, warum sollten wirtschaftliche Entwicklung und Umweltschutz sich ausschließen?»

Colin lehnte sich zurück und betrachtete Fritz nachdenklich.

«Das ist ein interessanter Gedanke. Aber wie stellst du dir das vor?»

Fritz nahm einen Schluck von seinem Cappuccino, bevor er antwortete.

«Vielleicht könnten wir uns zusammensetzen und über mögliche Kompromisse sprechen. Wege finden, wie wir das Projekt anpassen können, um den Umweltschutz stärker zu berücksichtigen. Ich bin offen für Vorschläge, und ich glaube, viele der Investoren wären es auch.»

Colin war skeptisch, aber die Aufrichtigkeit in Fritz' Augen ließ ihn hoffen.

«Das klingt nach einem guten Ansatz. Wir sollten definitiv darüber sprechen.

Vielleicht gibt es tatsächlich eine Lösung, die für beide Seiten akzeptabel ist.»

Für einen Moment schien die Anspannung zwischen ihnen nachzulassen. Sie setzten ihr Gespräch fort und entdeckten, dass sie trotz ihrer unterschiedlichen Standpunkte auch viele gemeinsame Interessen hatten. Sie sprachen über ihre Lieblingsplätze in Grünsleben, die besten Wanderwege und sogar über ihre Lieblingsbücher.

Die Zeit verging wie im Flug, und bevor sie es merkten, war es draußen dunkel geworden. Colin war erstaunt, wie leicht und angenehm das Gespräch mit Fritz war. Vielleicht war dieser Mann doch nicht der unnachgiebige Geschäftsmann, den er in ihm gesehen hatte.

Als sie schließlich aufstanden, um zu gehen, fühlte sich Colin erfrischt und optimistisch.

«Es war schön, mit dir zu reden. Vielleicht sollten wir das wiederholen.»

Fritz lächelte.

«Das fände ich gut. Vielleicht können wir gemeinsam eine Lösung für das Projekt finden.»

Mit einem letzten freundlichen Nicken verließen sie das Café.

Kapitel 5

In den folgenden Tagen trafen sich Fritz und Colin öfter, um über mögliche Kompromisse für das Bauprojekt zu sprechen. Was als professionelle Treffen begann, entwickelte sich bald zu lockeren Unterhaltungen und gemeinsamen Aktivitäten. Ihre Gespräche fanden nicht nur in Büroräumen statt, sondern oft auch im Freien, wo Colin Fritz die Schönheit und Bedeutung des Naturreservats zeigte.

An einem sonnigen Nachmittag standen sie auf einer kleinen Lichtung, umgeben von hohen Eichen und dem Gesang der Vögel.

«Schau dir das an, Fritz», sagte Colin und zeigte auf eine Gruppe seltener Orchideen, die in voller Blüte standen. «Diese Blumen sind einzigartig und ein wichtiger Teil des Ökosystems hier.»

Fritz bückte sich, um die Blumen

genauer zu betrachten.

«Ich hätte nie gedacht, dass es hier so etwas gibt», gestand er. «Ich habe diese Gegend immer nur als ungenutztes Land gesehen.»

Colin lächelte.

«Viele Menschen sehen das so. Aber wenn man genauer hinsieht, entdeckt man, wie wertvoll und faszinierend die Natur ist. Und das möchte ich schützen.»

Fritz nickte nachdenklich. Er war beeindruckt von Colins Wissen und Leidenschaft.

«Ich verstehe deinen Standpunkt immer besser. Vielleicht gibt es wirklich Wege, unser Projekt anzupassen, um diese Bereiche zu erhalten.»

«Weißt du, Fritz», sagte Colin, als sie auf einer Bank am Rande des Reservats saßen, «ich glaube, es geht nicht nur darum, was wir bauen, sondern wie wir es bauen. Nachhaltigkeit bedeutet, dass wir die Bedürfnisse der Gegenwart befriedigen, ohne die Möglichkeiten künftiger Generationen zu gefährden.»

Fritz nickte.

«Du hast recht, Colin. Und ich denke, dass wir das in unserem Projekt berücksichtigen können. Wir könnten zum Beispiel umweltfreundliche Baumaterialien verwenden, Grünflächen integrieren und darauf achten, dass der Bau möglichst wenig in die Natur eingreift.»

Colin sah Fritz an und lächelte.

«Ich glaube, wir kommen der Sache näher. Vielleicht können wir wirklich etwas bewirken. Erzähl mir mehr über deine Vision für nachhaltiges Bauen», bat Colin nach einer Weile.

Fritz lehnte sich zurück und dachte nach.

«Für mich bedeutet nachhaltiges Bauen, Materialien zu verwenden, die umweltfreundlich sind, und Gebäude zu schaffen, die wenig Energie verbrauchen. Aber es geht auch darum, Räume zu schaffen, die Menschen inspirieren und ihnen ein gutes Gefühl geben.»

Colin nickte zustimmend.

«Das klingt gut. Und ich glaube, dass wir das in unserem Projekt umsetzen können. Vielleicht könnten wir sogar Solaranlagen und Regenwassernutzung integrieren.»

«Das sind großartige Ideen», sagte Fritz. «Ich denke, wir könnten auch Gemeinschaftsgärten anlegen, wo die Bewohner ihr eigenes Gemüse anbauen können. Das würde nicht nur die Umwelt schonen, sondern auch das Gemeinschaftsgefühl stärken.»

Colin lächelte.

«Ich wusste, dass wir auf einen gemeinsamen Nenner kommen würden. Es ist wirklich erfrischend, jemanden zu treffen, der so offen für neue Ideen ist.»

Fritz erwiderte das Lächeln.

«Ich schätze, dass du mich dazu bringst, die Dinge anders zu sehen. Und ich muss zugeben, dass ich unsere

Gespräche sehr genieße.»

Als die Sonne höher stieg, machten sie sich langsam auf den Rückweg.

«Was hältst du davon, wenn wir uns nächste Woche wieder hier treffen?», fragte Colin. «Ich habe das Gefühl, dass wir noch viel zu besprechen haben.»

«Das klingt nach einem Plan», antwortete Fritz. «Ich freue mich schon darauf.»

Sie verabschiedeten sich vor dem Eingang des Reservats, und Fritz machte sich auf den Weg zurück in die Stadt. Während er fuhr, dachte er über den Tag nach und darüber, wie sehr sich seine Sichtweise geändert hatte. Colin hatte ihm eine Welt gezeigt, die er vorher nicht gekannt hatte, und dafür war er dankbar.

Colin blieb noch eine Weile vor dem Eingang stehen und sah Fritz nach. Er fühlte eine Wärme in sich aufsteigen, die nichts mit der Sonne zu tun hatte.

Einige Tage nach ihrem Spaziergang im Naturreservat fand Fritz sich an einem Freitagabend aufgeregt und etwas nervös in seiner Küche wieder. Er hatte Colin spontan zu sich nach Hause eingeladen, um weiter über das Bauprojekt und die möglichen Kompromisse zu sprechen. Aber es war nicht nur das Projekt, das Fritz beschäftigte. Er freute sich auf die Gelegenheit, Colin besser kennenzulernen, und vielleicht auch, um herauszufinden, was es mit der wachsenden Anziehungskraft zwischen ihnen auf sich hatte.

Die Wohnung war modern und stilvoll eingerichtet, eine Mischung aus minimalistischen Möbeln und einigen persönlichen Akzenten, die seine Vorliebe für Kunst und Design widerspiegelten. Fritz hatte beschlossen, etwas Einfaches, aber Beeindruckendes zu kochen: ein Lachsfilet mit einer Zitronen-Dill-Sauce, dazu geröstetes Gemüse und ein frischer Salat.

Als es an der Tür klingelte, war Fritz gerade dabei, den Tisch zu decken. Er ging zur Tür und öffnete sie mit einem Lächeln.

«Hey, Colin. Schön, dass du gekommen bist.»

Colin stand lächelnd vor ihm, eine Flasche Wein in der Hand.

«Danke für die Einladung. Ich freue mich schon auf den Abend.»

Fritz nahm die Flasche entgegen und winkte Colin herein.

«Mach es dir bequem. Das Essen ist fast fertig.»

Colin sah sich interessiert in der Wohnung um.

«Dein Zuhause ist wirklich schön. Es passt zu dir.»

«Danke», sagte Fritz und fühlte sich geschmeichelt. «Ich habe viel Zeit und Mühe investiert, um es genau so zu gestalten.»

Colin nahm auf einem der Barhocker in der offenen Küche Platz, während Fritz die letzten Handgriffe beim Kochen erledigte.

«Ich bin gespannt, was du gezaubert hast. Es riecht schon mal fantastisch.»

«Ich hoffe, es schmeckt dir», erwiderte Fritz, während er die Teller anrichtete.

Sie setzten sich an den Esstisch und begannen zu essen. Das Gespräch drehte sich zunächst um das Bauprojekt und die Fortschritte, die sie gemacht hatten. Doch schon bald drifteten sie ab und sprachen über persönlichere Themen.

«Erzähl mir mehr über deine Zeit in Berlin», bat Fritz, als sie beim Wein saßen und das Essen genossen.

Colin nahm einen Schluck Wein und lehnte sich zurück. «Berlin war aufregend. Ich habe dort für verschiedene Umweltorganisationen gearbeitet und viel über städtische Nachhaltigkeit gelernt. Aber irgendwann habe ich gemerkt, dass ich meine Heimat vermisse. Grünsleben hat eine besondere

Bedeutung für mich, und ich wollte etwas zurückgeben.»

«Das verstehe ich», sagte Fritz nachdenklich. «Seit ich hier lebe, bin ich viel gelassener geworden. Es gibt etwas Beruhigendes und Vertrautes an diesem Ort.»

«Genau», stimmte Colin zu. «Und deshalb ist es so wichtig, dass wir das Naturreservat schützen. Es ist ein Teil dessen, was Grünsleben ausmacht.»

Fritz nickte und lächelte.

«Ich bin froh, dass wir gemeinsam an einer Lösung arbeiten können.»

Als der Abend fortschritt, wurde die Stimmung entspannter.

Gegen Mitternacht, als die Flasche Wein fast leer und das Essen längst verzehrt war, stand Colin auf und ging zur Tür.

«Es war ein wunderbarer Abend. Danke, dass du mich eingeladen hast.»

Fritz folgte ihm zur Tür und hielt einen Moment inne.

«Danke, dass du gekommen bist. Ich

habe den Abend sehr genossen.»

Colin zögerte kurz, dann trat er näher und umarmte Fritz. Es war eine kurze, aber herzliche Umarmung, die mehr sagte als Worte.

«Bis bald», sagte er leise und trat hinaus in die Nacht.

Fritz schloss die Tür und lehnte sich dagegen, ein Lächeln auf den Lippen.

Kapitel 6

Es war ein regnerischer Montagmorgen, als Fritz in seinem Büro saß und die neuesten Entwürfe durchging. Die Investoren hatten ein Treffen einberufen, um über die Fortschritte und Änderungen zu sprechen, die Fritz und Colin vorgeschlagen hatten.

Fritz konnte die Unruhe in der Luft förmlich spüren.

«Herr Müller, wir haben Ihre Vorschläge durchgesehen», sagte Herr Schulz, einer der Hauptinvestoren, und lehnte sich zurück. «Und obwohl wir Ihre Bemühungen um Nachhaltigkeit zu schätzen wissen, machen wir uns Sorgen um die Kosten und die Machbarkeit.»

Fritz nickte und bemühte sich, ruhig zu bleiben.

«Ich verstehe Ihre Bedenken, Herr Schulz. Aber ich glaube fest daran, dass diese Änderungen nicht nur die Umwelt schützen, sondern auch den Wert des Projekts langfristig steigern werden. Nachhaltigkeit ist heutzutage ein starkes Verkaufsargument.»

Eine anderer Investorin, Frau Becker, schüttelte den Kopf.

«Das mag sein, aber wir dürfen die wirtschaftlichen Aspekte nicht außer Acht lassen. Diese Änderungen bedeuten zusätzliche Kosten und Verzögerungen. Wir müssen einen Weg finden, die Balance zu halten.»

Fritz spürte, wie der Druck auf ihm lastete. Er wusste, dass er Colin um Hilfe bitten musste, um die Investoren zu überzeugen.

Doch gleichzeitig begann er, die wachsenden Spannungen zwischen seinen beruflichen Verpflichtungen und seinen persönlichen Überzeugungen zu spüren.

Währenddessen hatte auch Colin mit Herausforderungen zu kämpfen.

Einige seiner Umweltfreunde waren skeptisch gegenüber seiner Zusammenarbeit mit Fritz und den Investoren geworden. Sie fürchteten, dass Colin zu nachgiebig sei und seine Prinzipien opfern könnte. Ganz davon abgesehen, dass so ziemlich jeder außer vielleicht ihnen beiden selbst die Anziehungskraft zwischen den beiden sehen konnte.

«Colin, bist du sicher, dass Fritz und die Investoren wirklich unsere Anliegen ernst nehmen?», fragte Lisa, eine langjährige Freundin und Mitstreiterin. «Ich habe das Gefühl, dass wir Kompromisse eingehen, die wir nicht eingehen sollten.»

Colin seufzte und sah Lisa ernst an.

«Ich verstehe deine Bedenken, Lisa. Aber ich glaube, dass wir eine echte Chance haben, das Projekt in eine Richtung zu lenken, die sowohl wirtschaftlich als auch ökologisch sinnvoll ist. Es ist ein schmaler Grat, aber ich vertraue

Fritz.»

«Ich hoffe, du hast recht», antwortete Lisa skeptisch. «Aber wir werden genau beobachten, was passiert. Lass dir nicht von dem hübschen Kerl den Kopf verdrehen.»

Die Zweifel und der Druck von beiden Seiten begannen, an Colin zu nagen. Er wollte sowohl seine Freunde als auch Fritz nicht enttäuschen.

Doch je mehr er sich bemühte, alle zufrieden zu stellen, desto schwieriger schien es zu werden.

Am Abend trafen sich Fritz und Colin in einem kleinen Restaurant, um ihre Situation zu besprechen. Die Stimmung war angespannt, und beide Männer wussten, dass sie vor einer wichtigen Entscheidung standen.

«Die Investoren machen Druck», begann Fritz, als sie ihre Getränke bestellten. «Sie haben Bedenken wegen der zusätzlichen Kosten und der Verzögerungen.»

Colin nickte.

«Und meine Umweltfreunde sind besorgt, dass wir zu viele Kompromisse eingehen. Sie glauben, dass ich meine Prinzipien opfern könnte. Sie… denken, ich könnte von deiner Attraktivität abgelenkt sein.»

Colins Herz raste, als er das sagte. Es stimmte, er fand Fritz wahnsinnig attraktiv.

Fritz zog fragend die Augenbrauen hoch und lächelte, während er Colin für längere Zeit in die Augen blickte.

Dann holte er tief Luft und seufzte.

«Es fühlt sich an, als ob wir zwischen zwei Welten stehen und versuchen, das Unmögliche zu erreichen.»

Colin sah ihn an und spürte die Last, die auf beiden von ihnen lag.

«Vielleicht müssen wir einen anderen Weg finden, um unsere Vision zu verwirklichen. Etwas, das beide Seiten überzeugt.»

«Das ist leichter gesagt als getan», erwiderte Fritz. «Aber ich gebe nicht auf. Wir haben schon so viel erreicht. Es muss einen Weg geben.»

Colin nahm einen großen Schluck von seinem Getränk und dachte nach.

«Vielleicht sollten wir ein gemeinsames Treffen organisieren – die Investoren und die Umweltgruppen. Lass uns alle an einen Tisch bringen und offen über unsere Ziele und Bedenken sprechen.»

Fritz nickte langsam.

«Das könnte funktionieren. Wenn wir alle gemeinsam an einer Lösung arbeiten, könnten wir die Zweifel ausräumen und eine Einigung erzielen.»

Kapitel 7

In Fritz' Büro herrschte reger Betrieb. Dokumente und Pläne waren auf dem großen Konferenztisch ausgebreitet, und Fritz stand zusammen mit Sophie Meier, seiner Kollegin, über die neuesten Präsentationsentwürfe gebeugt.

«Wir müssen sicherstellen, dass wir alle wichtigen Punkte klar und überzeugend darstellen», sagte Fritz und strich sich eine Haarsträhne aus dem Gesicht. «Die Investoren müssen verstehen, dass Nachhaltigkeit auch wirtschaftlich sinnvoll ist.»

Sophie nickte.

«Mach dir keine Sorgen, Fritz. Du und Colin habt großartige Arbeit geleistet. Ich bin sicher, dass ihr die meisten überzeugen könnt.»

Klaus Richter ein älterer, wohlhabender Geschäftsmann mit einem großen Einfluss in Grünsleben hatte das Bauprojekt von Anfang an unterstützt und war entschlossen, es ohne die vorgeschlagenen Änderungen durchzusetzen. Herr Richter war von den geplanten nachhaltigen Maßnahmen nicht überzeugt und sah sie als unnötige Belastung und Verzögerung.

Er betrat das Bürogebäude von Fritz und nickte ihm und Sophie kühl zu.

«Herr Müller, Frau Meier», begrüßte er sie förmlich. «Ich habe von den Änderungen gehört, die Sie vorschlagen. Ich hoffe, Sie bedenken die wirtschaftlichen Konsequenzen sorgfältig.»

Fritz erwiderte den Blick fest.

«Herr Richter, wir sind überzeugt, dass diese Änderungen langfristig von Vorteil sind. Nachhaltigkeit ist nicht nur eine moralische Verpflichtung, sondern auch eine wirtschaftliche Chance.»

Klaus zog eine Augenbraue hoch.

«Das mag sein, aber ich werde sehr genau darauf achten, wie diese Änderungen umgesetzt werden und ob sie wirklich notwendig sind.»

Mit diesen Worten verließ Klaus das Büro wieder, und Fritz spürte eine Welle der Anspannung. Klaus Richter war bekannt für seine Durchsetzungskraft und seine unnachgiebige Haltung. Fritz wusste, dass dieser eine ernsthafte Herausforderung darstellen würde.

Am Tag des Treffens herrschte im neutralen Veranstaltungsraum eine gespannte Atmosphäre. Vertreter der Investoren und Umweltgruppen trafen nach und nach ein und nahmen Platz. Fritz und Colin standen gemeinsam vorne und begrüßten die Anwesenden.

«Vielen Dank, dass Sie alle gekommen sind», begann Fritz. «Wir sind heute hier, um einen gemeinsamen Weg für das Bauprojekt zu finden, der sowohl wirtschaftliche als auch ökologische Ziele vereint. Herr Weber und ich haben intensiv daran gearbeitet, eine Lösung zu entwickeln, die für alle tragbar ist.»

Colin nickte und fügte hinzu: «Es geht darum, das Beste für unsere Stadt zu erreichen, ohne die wertvolle Natur zu gefährden, die uns allen so am Herzen liegt.»

Sie begannen ihre Präsentation, erklärten die geplanten Änderungen und ihre Vorteile. Die Zuhörer hörten aufmerksam zu, doch Klaus Richter beobachtete das Geschehen mit kritischem Blick.

«Nochmals danke, dass Sie alle gekommen sind», sagte Fritz. «Wir möchten heute nicht nur über Zahlen und Pläne sprechen, sondern auch über unsere gemeinsame Verantwortung für die Zukunft von Grünsleben.»

Colin nickte zustimmend.

«Es geht darum, eine Lösung zu finden, die sowohl wirtschaftlich als auch ökologisch tragfähig ist. Wir haben in den letzten Wochen intensiv daran gearbeitet, einen solchen Plan zu entwickeln, und möchten Ihnen nun die Details vorstellen.»

Fritz startete die Präsentation und zeigte die ersten Folien, die die geplanten Änderungen am Bauprojekt illustrierten. Er sprach über die Verwendung umweltfreundlicher Baumaterialien, energieeffiziente Gebäude und die Integration von Grünflächen.

«Diese Maßnahmen erhöhen nicht nur die Attraktivität des Projekts, sondern tragen auch zur langfristigen Wertsteigerung bei», erklärte er.

Colin übernahm und sprach über die ökologischen Vorteile der geplanten Änderungen.

«Durch die Erhaltung wichtiger Lebensräume und die Implementierung nachhaltiger Praktiken können wir das Naturreservat schützen und gleichzeitig eine moderne, lebenswerte Umgebung schaffen.»

Die Zuhörer folgten aufmerksam, doch es war Klaus Richter, der die erste kritische Frage stellte.

«Herr Weber, Herr Müller», begann er

und erhob sich von seinem Platz. «Ihre Vorschläge sind sicherlich gut gemeint, aber haben Sie die Kosten und die möglichen Verzögerungen wirklich berücksichtigt? Die Investoren haben ein berechtigtes Interesse daran, dass das Projekt pünktlich und im Budget abgeschlossen wird.»

Fritz blieb ruhig und antwortete. «Herr Richter, wir haben die Kosten genau kalkuliert und sind überzeugt, dass die Investitionen in Nachhaltigkeit langfristig wirtschaftliche Vorteile bringen. Es geht nicht nur darum, ein Projekt schnell abzuschließen, sondern etwas Wertvolles und Beständiges zu schaffen.»

Einige Investoren murmelten zustimmend, während andere skeptisch blieben. Die Diskussion wurde hitziger, als weitere Fragen aufkamen. Vertreter der Umweltgruppen betonten die Notwendigkeit, die Natur zu schützen, während einige Investoren Bedenken wegen der finanziellen Auswirkungen äußerten.

Klaus Richter nutzte jede Gelegenheit, um Zweifel zu säen und die anderen Investoren gegen die Änderungen aufzubringen.

«Wir müssen sicherstellen, dass wir keine unnötigen Risiken eingehen», sagte er. «Die ursprünglichen Pläne waren bereits gut durchdacht und finanziell abgesichert.»

Colin trat vor und blickte Klaus direkt an.

«Herr Richter, wir verstehen Ihre Bedenken. Aber wir glauben, dass es möglich ist, sowohl wirtschaftliche als auch ökologische Ziele zu erreichen. Es ist nicht nur eine Frage der Finanzen, sondern auch der Verantwortung gegenüber unserer Gemeinschaft und der Natur.»

Die Diskussion zog sich hin, und es wurde klar, dass nicht alle sofort überzeugt werden konnten. Doch allmählich zeigten sich erste Anzeichen von Verständnis und Kompromissbereitschaft. Einige Investoren begannen, die Vorteile der vorgeschlagenen Änderungen zu erkennen, und Vertreter der Umweltgruppen signalisierten ihre Bereitschaft, Kompromisse zu finden.

Gegen Ende des Treffens war die Atmosphäre immer noch angespannt, aber es herrschte ein vorsichtiger Optimismus. Fritz und Colin hatten ihre Standpunkte klar gemacht und wichtige Argumente geliefert.

Nachdem der offizielle Teil des Treffens beendet war, löste sich die Anspannung im Raum langsam auf. Die Teilnehmer bildeten kleine Gruppen und begannen, informell zu diskutieren.

Fritz ging auf Herrn Schulz und Frau Becker zu, die nach wie vor skeptisch waren.

«Herr Schulz, Frau Becker», begrüßte er sie freundlich. «Ich hoffe, wir konnten einige Ihrer Bedenken klären.»

Herr Schulz nickte langsam.

«Ihre Präsentation war überzeugend, Herr Müller. Aber ich bin immer noch besorgt wegen der zusätzlichen Kosten.»

«Das verstehe ich», antwortete Fritz. «Aber lassen Sie uns die langfristigen Vorteile nicht außer Acht lassen. Nachhaltigkeit wird in Zukunft immer wichtiger. Ein umweltfreundliches Projekt könnte uns einen Wettbewerbsvorteil verschaffen.»

Frau Becker, die bisher still zugehört hatte, ergriff das Wort.

«Das mag stimmen. Aber was ist mit den kurzfristigen Herausforderungen? Können wir wirklich sicherstellen, dass die Bauarbeiten im Zeitplan bleiben?»

Fritz nickte.

«Wir haben Maßnahmen geplant, um Verzögerungen zu minimieren. Und wir arbeiten eng mit Experten zusammen, um sicherzustellen, dass alles reibungslos verläuft. Lassen Sie uns diese Details in einem kleineren Kreis besprechen. Vielleicht können wir einige Ihrer Bedenken ausräumen.»

Unterdessen stand Colin in einer Gruppe von Umweltaktivisten und Vertretern lokaler Naturschutzorganisationen. Lisa, seine langjährige Freundin und Mitstreiterin, war auch dabei.

«Colin, das war eine beeindruckende Präsentation», sagte Lisa.

«Ich bin überzeugt, dass wir eine Lösung finden können, die alle zufriedenstellt», antwortete Colin. «Fritz und ich arbeiten hart daran, einen Weg zu finden, der sowohl die Natur schützt als auch die wirtschaftlichen Interessen berücksichtigt.»

Während Colin sprach, trat Klaus Richter an die Gruppe heran.

«Herr Weber, Sie sind ziemlich überzeugt von diesen Änderungen. Aber sind Sie sicher, dass sie realistisch sind?»

Colin sah Klaus direkt in die Augen.

«Ja, Herr Richter, das bin ich. Wir müssen die Zukunft unserer Stadt im Auge behalten. Das bedeutet, dass wir sowohl wirtschaftliche als auch ökologische Aspekte berücksichtigen.»

Klaus lächelte kalt.

«Nun, ich hoffe, dass Ihr Optimismus berechtigt ist. Ich werde genau beobachten, wie sich das entwickelt.»

Nachdem Klaus sich entfernt hatte, wandte sich Lisa wieder an Colin.

«Was hältst du von ihm?», fragte sie leise.

Colin seufzte.

«Klaus Richter ist ein harter Gegner. Aber ich glaube, dass wir ihn überzeugen können, wenn wir ihm zeigen, dass unsere Pläne nicht nur idealistisch, sondern auch pragmatisch sind.»

In der Zwischenzeit hatte Fritz es geschafft, Herrn Schulz und Frau Becker zu einem weiteren Treffen zu überreden, bei dem sie die finanziellen Details und die geplanten Maßnahmen zur Einhaltung des Zeitplans genauer besprechen wollten.

«Ich schätze Ihre Bereitschaft, weiter über dieses Projekt zu sprechen», sagte Fritz und verabschiedete sich höflich.

Er machte sich auf die Suche nach Colin, der immer noch von Umweltaktivisten umringt war. Fritz trat zu ihm und wartete, bis das Gespräch eine kurze Pause machte. «Colin, können wir kurz sprechen?»

Colin nickte und entschuldigte sich bei den anderen. Sie traten beiseite, und Fritz berichtete von seinen Gesprächen mit den Investoren.

«Ich glaube, wir haben Fortschritte gemacht», sagte er. «Die meisten sind auf unserer Seite. Doch Klaus Richter macht es uns wirklich schwer. Ich verstehe nicht, was in ihm vorgeht. Bisher war er immer so nett und zuvorkommend mir gegenüber.»

Colin seufzte.

«Ja, das habe ich gemerkt. Aber wir

dürfen uns nicht entmutigen lassen. Wer weiß, was für eine Laus dem über die Leber gelaufen ist.»

Fritz lächelte leicht.

«Du hast recht.»

Sie traten hinaus in die kühle Abendluft und atmeten tief durch. Sie waren erschöpften, fühlten sich aber optimistisch.

Kapitel 8

Die Sonne ging langsam unter, als Fritz und Colin das Konferenzzentrum verließen. Der Tag war ein Erfolg gewesen. Sie hatten es geschafft, die Mehrheit der Investoren und Umweltgruppen für ihre nachhaltigen Pläne zu gewinnen. Es war ein bedeutender Sieg, und die Erleichterung war ihnen beiden deutlich anzusehen.

«Ich kann es kaum glauben, dass wir es geschafft haben», sagte Colin und atmete tief durch. «Es fühlt sich fast surreal an.»

Fritz lächelte und legte eine Hand auf Colins Schulter.

«Wir haben hart dafür gearbeitet und es uns verdient. Lass uns diesen Moment genießen.»

Sie entschieden sich, den Abend mit einem gemeinsamen Essen in einem kleinen, gemütlichen Restaurant zu feiern, das für seine lokale Küche bekannt war. Das Restaurant war nicht weit vom Stadtzentrum entfernt, und die warme, einladende Atmosphäre bot den perfekten Rahmen für ihren Erfolg.

Als sie an ihrem Tisch Platz nahmen, bestellten sie eine Flasche Wein und stießen auf ihren Sieg an.

«Auf die Zukunft von Grünsleben», sagte Fritz und hob sein Glas.

«Und auf unsere Zusammenarbeit», fügte Colin hinzu und lächelte Fritz herzlich an.

Das Essen war köstlich, und die Stimmung gelöst. Sie sprachen über die Herausforderungen, die sie überwunden hatten, und über die Pläne, die sie noch umsetzen wollten. Die Gespräche wurden persönlicher, und sie lernten einander auf eine tiefere Weise kennen.

Fritz erzählte von seiner Familie.

«Meine Eltern haben mich immer unterstützt», begann er. «Mein Vater ist

Zimmermann und hat mir beigebracht, wie wichtig es ist, hart zu arbeiten. Meine Mutter ist Lehrerin, und sie hat immer darauf bestanden, dass Bildung und Wissen der Schlüssel zu einem erfolgreichen Leben sind. Ich habe einen jüngeren Bruder, der vor kurzem ein kleines Café in der Altstadt unseres Ortes eröffnet hat. Wir sind eine sehr enge Familie und treffen uns oft, um wichtige Entscheidungen zu besprechen oder einfach zusammen zu feiern. Auch wenn ich seit ein paar Jahren in Grünsleben wohne, besuche ich sie alle paar Wochen.»

«Das klingt wunderbar», sagte Colin. «Es muss schön sein, so eine unterstützende Familie zu haben.»

Fritz lächelte.

«Ja, das ist es. Mein größter Traum ist es, nicht nur beruflich erfolgreich zu sein, sondern eines Tages ebenfalls eine Familie zu haben.»

Colin nickte zustimmend.

«Das ist ein schöner Traum. Es ist toll, wenn eine Familie so zusammenhält. Leider sind meine Eltern schon früh verstorben.»

«Das tut mir sehr leid», Fritz legte eine Hand auf Colins Schulter und drückte sie kurz. «Und was hat dich dazu gebracht, dich so leidenschaftlich für den Umweltschutz einzusetzen?», fragte er neugierig.

Colin lächelte und begann zu erzählen.

«Es fing alles an, als ich ein Kind war. Mein bester Freund Lukas und ich haben unzählige Stunden in den Wäldern und Feldern von Grünsleben verbracht. Eines Tages, als wir etwa zwölf Jahre alt waren, entdeckten wir eine illegale Mülldeponie im Wald. Die Verschmutzung und die Zerstörung der Natur haben mich tief getroffen.»

Fritz hörte aufmerksam zu.

«Das muss schrecklich gewesen sein. Wie habt ihr darauf reagiert?»

«Lukas war genauso erschüttert wie

ich», fuhr Colin fort. «Er begann, alles zu dokumentieren und darüber zu schreiben. Diese Erfahrung hat unsere späteren Lebenswege geprägt. Lukas wurde ein leidenschaftlicher Journalist, der Missstände aufdeckte, und ich widmete mein Leben dem Schutz der Umwelt. Wir haben damals viel erreicht. Wir haben die Aufmerksamkeit der lokalen Behörden auf die Mülldeponie gelenkt und sie schließlich schließen lassen. Seitdem wusste ich, dass ich mich für den Umweltschutz einsetzen wollte. Es gibt so viel zu tun, und ich möchte meinen Teil dazu beitragen, die Welt zu einem besseren Ort zu machen.»

Fritz war tief beeindruckt.

«Das ist unglaublich, Colin. Du und Lukas habt wirklich etwas bewirkt. Es ist inspirierend zu hören, wie ihr euch so früh schon für das Richtige eingesetzt habt.»

«Danke», sagte Colin leise. «Lukas und

ich haben uns geschworen, immer für das einzustehen, was richtig ist. Dieser Schwur hat mich all die Jahre begleitet. Lukas war mit mir zusammen in Berlin. Er ist jetzt gerade am Amazonas und schreibt einen Bericht über die Abholzung des Regenwaldes.»

«Da hat er sich ein ernstes und schweres Thema ausgesucht. Beeindruckend.»

«Ich bin so froh, dass wir uns gefunden haben», sagte Colin schließlich und sah Fritz in die Augen. «Es fühlt sich an, als könnten wir zusammen wirklich etwas bewegen.»

«Das geht mir genauso», erwiderte Fritz. «Du hast mir eine ganz neue Perspektive eröffnet, und ich bin dankbar für alles, was wir gemeinsam erreicht haben.»

Kapitel 9

Nach dem Essen entschieden sie sich, einen Spaziergang durch die ruhigen Straßen von Grünsleben zu machen. Die Nacht war klar und kühl, und der Mond warf ein sanftes Licht auf die Stadt.

Sie kamen an einem kleinen Park vorbei und setzten sich auf eine Bank, von der aus sie den Sternenhimmel beobachten konnten.

«Es ist so friedlich hier», sagte Colin leise. «Ich liebe diesen Ort.»

«Ich auch», antwortete Fritz und legte seinen Arm um Colin. «Und ich liebe es, diese Momente mit dir zu teilen.»

Die Spannung zwischen ihnen wuchs, und sie fühlten sich zueinander hingezogen. Fritz drehte sich zu Colin und sah ihn tief in die Augen.

«Colin, ich…» begann er, doch die Worte blieben ihm im Hals stecken.

Colin lächelte sanft und legte eine Hand auf Fritz' Wange.

«Ich weiß, Fritz», sagte er leise. «Mir geht es genauso.»

Sie beugten sich zueinander und ihre Lippen trafen sich in einem sanften, aber intensiven Kuss. Es war ein Moment der völligen Verbundenheit, der alle Sorgen und Ängste für einen Augenblick verschwinden ließ. Als sie sich schließlich voneinander lösten, sahen sie sich tief in die Augen und wussten, dass sich etwas Bedeutendes zwischen ihnen verändert hatte.

«Möchtest du mit zu mir kommen?», fragte Fritz schließlich und hielt Colins Hand fest.

«Ja», antwortete Colin leise. «Das möchte ich.»

Der Weg zu Fritz' Wohnung war von einer stillen Spannung durchzogen. Beide Männer spürten, dass etwas Großes und Bedeutungsvolles in der Luft lag. Sie hielten sich an den

Händen, und jedes noch so kleine Geräusch der nächtlichen Stadt verstärkte das Gefühl der Intimität zwischen ihnen.

Als sie die Wohnung erreichten, schloss Fritz die Tür hinter ihnen und führte Colin ins Wohnzimmer. Die moderne, aber gemütliche Einrichtung strahlte eine Wärme aus, die den Augenblick perfekt machte. Fritz bot Colin etwas zu trinken an, doch Colin lehnte lächelnd ab.

«Ich brauche nichts außer dir», sagte er leise und trat näher an Fritz heran.

Fritz lächelte zurück und zog Colin sanft in seine Arme. Sie standen für einen Moment einfach nur da, hielten sich fest und genossen die Nähe. Es war, als hätten sie beide lange auf diesen Augenblick gewartet, und nun, da er endlich gekommen war, wollten sie ihn in vollen Zügen genießen.

Langsam begann Fritz, Colin zu küssen. Zuerst vorsichtig und zärtlich, dann immer leidenschaftlicher. Sie verloren sich in dem Kuss, ließen all ihre Sorgen und Ängste hinter sich und gaben sich ganz dem Moment hin.

Fritz führte Colin schließlich ins Schlafzimmer, wo sie sich langsam auszogen und ins Bett sanken. Die Nacht war erfüllt von sanften Berührungen, leisen Worten und einer tiefen Verbundenheit, die über das Körperliche hinausging. Sie entdeckten einander auf eine Weise, die sie noch näher brachte und ihre Beziehung auf eine tiefere Ebene hob.

Am Morgen erwachten sie in den Armen des anderen, das erste Licht des Tages strömte durch die Vorhänge. Colin lag mit dem Kopf auf Fritz' Brust und hörte dem gleichmäßigen Schlag seines Herzens zu. Es war ein Moment der vollkommenen Zufriedenheit.

«Guten Morgen», murmelte Colin und hob den Kopf, um Fritz anzusehen.

«Guten Morgen», erwiderte Fritz mit einem Lächeln. «Wie hast du geschlafen?»

«Wunderbar», sagte Colin. «Bei dir fühle ich mich sicher und geborgen.»

Fritz strich ihm sanft über die Wange.

«Ich bin so froh, dass du hier bist. Es fühlt sich richtig an.»

Sie verbrachten den Morgen in entspannter Zweisamkeit, frühstückten gemeinsam und sprachen über ihre Pläne für die Zukunft. Trotz der Herausforderungen, die vor ihnen lagen, fühlten sie sich bereit, alles gemeinsam anzugehen. Ihre Verbindung war stärker denn je, und sie waren fest entschlossen, für ihre Vision zu kämpfen.

Später am Tag gingen sie gemeinsam ins Büro, wo sie weitere Vorbereitungen für das Bauprojekt trafen.

Kapitel 10

Der Erfolg des gemeinsamen Treffens hatte Fritz und Colin ermutigt, doch Klaus Richter war alles andere als besiegt. Verbittert über den Einfluss, den Colin auf das Bauprojekt gewonnen hatte, und eifersüchtig auf die aufkeimende Beziehung zwischen Fritz und Colin, plante Klaus seine nächsten Schritte. Für Klaus war es nicht nur das Projekt, das auf dem Spiel stand; er hatte seit Jahren heimliche Gefühle für Fritz gehegt. Er hatte diese nie offen gezeigt, denn er fand es unnatürlich, so zu empfinden.

Fritz und Colin wussten nichts von Klaus' Eifersucht. Sie waren zu sehr damit beschäftigt, die positiven Entwicklungen ihres Projekts zu feiern und ihre Beziehung zu vertiefen. Ihre gemeinsamen Erlebnisse und der kürzliche Erfolg hatten sie näher zusammengebracht, und sie waren optimistisch, dass sie gemeinsam alles schaffen konnten.

Während Fritz und Colin sich auf ihre Arbeit konzentrierten, bereitete Klaus seine hinterhältigen Pläne vor. Er sammelte Informationen und suchte nach Schwachstellen, die er ausnutzen konnte. Klaus wusste, dass er gezielt vorgehen musste, um seine Gegner effektiv zu treffen.

Eines Abends fiel Klaus' Plan in sich zusammen. Er hatte erfahren, dass das Bauprojekt jetzt so umgesetzt werden sollte, wie Fritz und Colin es geplant hatten.

Die beiden verließen gerade das Büro und unterhielten sich freudig über die Zusage, die sie heute erhalten hatten.

In den Schatten eines nahegelegenen Gebäudes versteckte sich Klaus, beobachtete sie und wartete auf den richtigen Moment. Als Fritz und Colin an ihm vorbeigingen, trat er aus den

Schatten hervor und folgte ihnen unbemerkt. Er konnte hören, wie sie lachten und sich über den Tag unterhielten, und es machte ihn wütend, dass seine Bemühungen, sie zu stoppen, bisher erfolglos geblieben waren. Und dann hielten die beiden auch noch Händchen!

Als sie eine abgelegene Straße erreichten, beschleunigte Klaus seine Schritte und trat auf sie zu.

«Colin! Fritz!», rief er, seine Stimme klang kalt und bedrohlich.

Fritz und Colin drehten sich überrascht um und sahen Klaus auf sie zukommen.

Er blieb nur wenige Schritte von ihnen entfernt stehen. Seine Augen funkelten vor Zorn, und es war klar, dass er nicht zum Reden gekommen war.

Colin spürte die Gefahr und stellte sich schützend vor Fritz.

«Was willst du, Klaus?», fragte er fest.

«Was ich will? Ich will, dass ihr beiden

aufhört, alles zu zerstören, wofür ich gearbeitet habe!», fauchte Klaus. «Dieses Bauprojekt ist meine Chance, und ich werde nicht zulassen, dass ihr es ruiniert! Ihr verdammten Schwuchteln!»

Bevor sie reagieren konnten, stürzte sich Klaus auf Colin. Er packte ihn am Kragen und schlug ihn gegen die Wand eines Gebäudes. Fritz rief entsetzt nach Hilfe und versuchte, Klaus von Colin wegzuziehen, doch Klaus war stark und entschlossen.

Colin wehrte sich, so gut er konnte, aber Klaus' Wut machte ihn unberechenbar.

«Du wirst alles verlieren, Colin! Alles, was du aufgebaut hast, wird zerbrechen!», schrie Klaus, während er versuchte, Colin zu Boden zu zwingen.

In diesem Moment gelang es Fritz, Klaus zu packen und ihn mit aller Kraft von Colin wegzuziehen.

«Lass ihn los!», rief Fritz und drückte

ihn gegen die Wand. «Das ist genug!»
Klaus rang nach Luft und stieß Fritz
schließlich von sich.

«Das ist noch nicht vorbei», zischte er.
«Ihr werdet schon sehen. Ich werde
euch beide zu Fall bringen.»

Mit diesen Worten drehte sich Klaus
um und verschwand in der Dunkelheit,
während Fritz und Colin keuchend und
erschöpft zurückblieben. Die Attacke
hatte sie beide tief erschüttert, und es
war klar, dass die Bedrohung durch
Klaus ernster war, als sie gedacht
hatten.

Fritz half Colin auf.

«Geht es dir gut?», fragte er leise.

Colin nickte, obwohl sein Körper, vor
allem sein Bauch, schmerzte.

«Ja, ich denke schon. Danke, dass du
mich gerettet hast.»

«Wir müssen zur Polizei gehen», sagte
Fritz entschlossen. «Klaus ist gefährlich.
Er wird nicht aufhören, bis er
bekommt, was er will.»

Colin stimmte zu.

«Ja, wir müssen etwas unternehmen. Aber zuerst sollten wir sicherstellen, dass wir beide in Sicherheit sind.»

Plötzlich brach Colin zusammen.

Erst jetzt konnte Fritz das Blut sehen, das unter Colins Hand hervorquoll, mit der er sich den Bauch hielt.

«Colin? Oh mein Gott!» Fritz zog sein Handy hervor und rief einen Krankenwagen und die Polizei.

Danach kniete er sich verzweifelt zu Colin und versuchte, mit beiden Händen die Wunde zuzuhalten, damit dieser nicht verblutete.

Kapitel 11

Colin lag im Krankenhausbett, die Wände des Zimmers waren weiß und steril. Die Schmerzmittel hielten die schlimmsten Schmerzen in Schach, doch die Wunde in seinem Bauch erinnerte ihn ständig an den brutalen Angriff von Klaus. Die Ärzte hatten ihn beruhigt: Der Messerstich hatte keine lebenswichtigen Organe verletzt, aber die Heilung würde Zeit brauchen.

Fritz saß auf einem Stuhl neben Colins Bett und hielt seine Hand. Er hatte die ganze Nacht bei ihm verbracht, seine Augen zeigten Müdigkeit und Sorge.

«Wie fühlst du dich?», fragte Fritz leise, als Colin die Augen öffnete.

«Es geht schon», antwortete Colin mit schwacher Stimme. «Es tut weh, aber ich werde es überstehen.»

Fritz nickte und drückte seine Hand fester.

«Die Polizei sucht nach Richter. Sie werden ihn finden und verhaften. Er wird dir nichts mehr antun können.»

Colin lächelte schwach.

«Danke, Fritz. Mir hilft es schon, dass du bei mir bist. Das gibt mir Kraft.»

Ein Klopfen an der Tür unterbrach ihre Unterhaltung. Die Tür öffnete sich, und Lisa trat ein. Ihre Augen waren gerötet, als hätte sie geweint.

«Colin, oh mein Gott, ich bin so froh, dass du in Sicherheit bist!», sagte sie und eilte zu seinem Bett.

«Lisa», sagte Colin, seine Stimme klang beruhigend. «Mir geht es gut. Es hätte schlimmer sein können.»

Lisa setzte sich auf die andere Seite des Bettes und nahm Colins andere Hand.

«Ich kann nicht glauben, dass Herr Richter so weit gegangen ist. Ich hätte nie gedacht, dass er so gefährlich sein könnte.»

«Wir alle haben ihn unterschätzt», sagte Fritz. «Aber jetzt müssen wir sicherstellen, dass er nicht noch mehr Schaden anrichten kann.»

«Die Polizei wird ihn finden», sagte Lisa bestimmt. «Und wir werden weiterhin hinter dir stehen, Colin. Das ganze Bauteam ist nach wie vor bereit, das Bauprojekt genau so umzusetzen, wie du und Fritz es vorgeschlagen haben. Seine wahren Motive sind jetzt allen klar.»

Colin fühlte eine Welle der Erleichterung und Dankbarkeit.

«Danke, Lisa. Das bedeutet mir sehr viel.»

«Du hast es dir verdient», antwortete Lisa. «Du hast so hart gearbeitet und dich für das Naturreservat eingesetzt. Wir lassen nicht zu, dass Richters Taten deine Bemühungen zunichtemachen.»

Während Colin sich im Krankenhaus erholte, war Fritz ständig an seiner Seite. Er kümmerte sich nicht nur um Colins Bedürfnisse, sondern auch um die organisatorischen Belange des Bauprojekts.

Eines Nachmittags, als Colin nach einem Nickerchen erwachte, sah er Fritz an seinem Laptop arbeiten.

«Was machst du da?», fragte Colin neugierig.

Fritz blickte auf und lächelte.

«Ich lese gerade die Mails der Bauunternehmer. Sie haben bereits mit dem Bau begonnen.»

Colin nickte erfreut.

«Das klingt einfach großartig.»

Am nächsten Tag trat Herr Schulz ins Krankenzimmer.

«Fritz, Colin», begann er und trat näher. «Ich wollte euch persönlich ein paar Bilder der Baustelle zeigen. Es war nicht einfach, um das Reservat herum alles so auszugraben, dass die Tiere nicht gestört werden, doch wir haben es geschafft.»

Er zog sein Smartphone hervor und zeigte ihnen die Fotos des Baufortschrittes.

Colin lächelte.

«Das sieht wirklich toll aus! Ich freue mich so sehr, dass es geklappt hat.»

Fritz, der neben ihm saß, gab ihm einen Kuss auf die Stirn.

«Noch besser wäre es gewesen, wenn Richter nicht durchgedreht wäre.»

Während Colin sich erholte, wurden Fritz und er immer wieder von Besuchern und Unterstützern umgeben.

Paul, ein junger Aktivist, der sich stets für den Umweltschutz eingesetzt hatte, brachte eine Karte, die von vielen Menschen unterschrieben war.

«Das ist für dich, Colin», sagte er und überreichte die Karte. «Wir alle wünschen dir eine schnelle Genesung.»

Colin nahm die Karte dankbar entgegen und las die herzlichen Botschaften.

«Danke, Paul. Das bedeutet mir sehr viel. Es ist schön, zu wissen, dass so viele Menschen hinter uns stehen.»

Später am Tag kam Lukas, Colins bester

Freund zu Besuch.

«Hey, Colin», sagte er und setzte sich ans Bett. «Ich bin gestern von meinem Auslandsaufenthalt zurückgekommen. Ich wollte dich direkt besuchen, um zu sehen, wo du gelandet bist und habe dann erfahren, was passiert ist. Da bin ich einmal ein paar Wochen weg und du lässt dich von so einem Idioten abstechen! Als wenn es nicht schon genug wäre, dass du jetzt so weit weg wohnst.»

«Es geht mir besser», antwortete Colin lachend. «Die Ärzte sagen, dass ich bald wieder auf die Beine kommen werde. Wie war es im Dschungel?»

«Ach, anstrengend. Merkwürdig, so ganz ohne Internet und Telefon. Ich bin froh, dass ich wieder hier bin», sagte Lukas. «Ich habe noch gestern Abend einen Artikel über den Angriff geschrieben und wie er das Bauprojekt beeinflusst. Es ist wichtig, dass die Leute wissen, was wirklich passiert ist.»

«Danke», sagte Fritz.

«Ich bin froh, wenn ich helfen kann», sagte Lukas. Er hielt Fritz seine Hand hin. «Lukas Krämer. Danke, dass du Colin das Leben gerettet hast. Er ist schließlich mein bester Wingman. Die Mädels vertrauen ihm einfach mehr als mir auf den ersten Blick.»

Seine blauen Augen blitzten auf, als er Fritz angrinste.

Fritz ergriff lächelnd Lukas' Hand und stellte sich ebenfalls vor.

«Scheint, als hätte Colin endlich jemand Anständigen gefunden», sagte Lukas freundlich. «Ich freue mich für euch.»

Kapitel 12

An nächsten Morgen saßen Fritz und Colin im Krankenhauszimmer und sahen die Nachricht von Klaus Richters Festnahme im Fernsehen.

«Sie haben ihn gefasst», sagte Fritz, als er den Bericht sah. «Er wird für das, was er getan hat, zur Rechenschaft gezogen.»

Colin nickte und atmete tief durch.

«Das ist eine große Erleichterung.»

Fritz nahm Colins Hand.

«Wir haben viel durchgemacht, aber jetzt können wir nach vorne schauen.»

Colin lächelte und drückte Fritz' Hand.

«Ja, das können wir.»

Ein paar Tage später wurde Colin aus dem Krankenhaus entlassen. Fritz stand an seiner Seite, als er langsam aus dem Gebäude trat und die frische Luft einatmete. «Es fühlt sich so gut an, wieder draußen zu sein», sagte Colin und streckte sich.

«Es ist schön, dich wieder bei mir zu haben», antwortete Fritz. «Ich habe eine Überraschung für dich.»

Colin blickte neugierig auf.

«Was denn?»

«Warte es ab», sagte Fritz mit einem geheimnisvollen Lächeln. Sie fuhren gemeinsam zu Fritz' Wohnung, wo ein kleines Willkommensfest vorbereitet war. Freunde, Kollegen und Unterstützer hatten sich versammelt, um Colins Genesung und die Fortschritte beim Bauprojekt zu feiern.

«Überraschung!», riefen alle, als Colin und Fritz die Wohnung betraten.

Colin war sichtlich gerührt.

«Danke euch allen. Das bedeutet mir sehr viel.»

Epilog

In den folgenden Monaten arbeiteten Fritz und Colin unermüdlich daran, das Bauprojekt erfolgreich abzuschließen.

Die Baustelle war ein Ort des Fortschritts und der Zusammenarbeit. Die umweltfreundlichen Maßnahmen wurden wie geplant umgesetzt, und das Ergebnis war beeindruckend. Moderne, nachhaltige Gebäude, die in die natürliche Umgebung integriert waren, entstanden und setzten ein Zeichen für die Zukunft von Grünsleben.

Eines sonnigen Tages standen Fritz und Colin auf der fertigen Baustelle und betrachteten das Ergebnis ihrer harten Arbeit.

«Es ist wunderschön», sagte Colin und lächelte stolz.

«Ja, das ist es», stimmte Fritz zu. «Und es ist erst der Anfang. Wir haben gezeigt, dass nachhaltige Entwicklung möglich ist.»

Fritz und Colin hatten nicht nur ein erfolgreiches Bauprojekt abgeschlossen, sondern auch eine tiefe und liebevolle Beziehung aufgebaut. Sie standen nun als verheiratetes Paar fest im Leben und unterstützten sich gegenseitig in allem, was sie taten. Ihr Erfolg hatte gezeigt, dass es möglich war, sowohl wirtschaftliche als auch ökologische Ziele zu erreichen.

An einem ruhigen Abend saßen sie zusammen auf der Veranda eines der neuen Gebäude und sahen den Sonnenuntergang. Sie sind dort eingezogen, um täglich ihren Erfolg ihrer Zusammenarbeit zu erleben.

«Wir haben es geschafft, Fritz», sagte Colin leise. «Wir haben unsere Vision Wirklichkeit werden lassen.»

«Ja, das haben wir», antwortete Fritz und legte seinen Arm um Colin. «Und ich freue mich darauf, unsere Zukunft gemeinsam zu gestalten.»

Colin lehnte sich an Fritz und lächelte.

«Ich auch. Mit dir zusammen ist alles möglich.»

Auf dem Tisch lag eine Urkunde. Darauf stand ‚Adoption bewilligt'.